日映りの時

西 炎子

目次

第一章　雷鳴

クーには戸籍がない。いわゆる無戸籍のクーは言ってみればこの国に存在しない透明人間にも等しい。

自称クー、本名赤沢幸代（あかざわさちよ）が生まれたのは母親の赤沢裕子（あかざわゆうこ）が夫の暴力から逃れるように氷雨（ひさめ）の中を飛び出した日から数えて九か月後のことだ。遠くで祭囃子が聞こえている八月の昼下がり、夕立の雷鳴の中で生まれたその子・クーは裕子と逃げてきた夫との間に出来た子どもではない。クーは彼女が婚家を出た後に一時的なアルバイトのつもりで働き始めたスナックに客として来ていた男との間に出来た子供だ。

正式に離婚をしないまま家を出た裕子はその後夫との間に人を立てて離婚の交渉をしてみたものの彼女に未練があるのかそれとも単なる嫌がらせなのか、夫は頑として首を縦に振ろうとはしない。もともと常軌を逸した夫の暴力が原因で家を出た彼女にとって何としても解決しなければならない離婚の話し合いとはいえ夫が条件としている仲裁人と一緒に彼女もその場に同席するということはとても危険なことだ。夫は彼女と顔を合わせさえすれば彼女をまた元のように服従させることが出来ると妙な自信を持っている。彼はたぶんその場に仲裁人がいたとしても以前のように腕力そして言葉の暴力で彼女を支配しようとするだろうし、彼女自身もまた彼と対面した時毅然とした態度でいられる自信がない。彼女はうやむやのうちに夫の元に戻りかねない己自身が怖かったし、仮にそうなった場合間違いなく彼女の体はまた以前のように痣だらけになるはずだった。離婚をするためには何らかのアクションを起こさなければならないのは分かってはいたが、彼女は夫に会うことを考えるだけでも身が竦む思いがしている。離婚が無理ならせめて住民票だけでも今住んでいる場所に移そうと考えるが、移した先の住所をもし夫が知ったとしたら彼は間違いなく刃物を隠し持って彼女の元にやって来るに違いない。いや、単なる嫌がらせだけではなく最悪の場合彼は彼女と差し違えようとするだろうし、それを考えた時彼女は離婚など考えずにこのまま隠れた生活をするのが一番良い方法かもしれないと思ってしまう。そのような時彼女は妊娠を知ったのだ。

「本当に俺の子どもか？」

コーヒーショップで向き合った男は裕子が金銭でも要求していると思ったのか、リスのようなまん丸い目を忙しなく左右に動かすと上目遣いに彼女を盗み見る。

「やっぱりね。そう言うと思ったわ」

彼女の奥二重の妖艶な目が男を見据えるとその形の良い唇の口角が跳ね上がった。

「病院にはまだ行っていないけれど、試薬で二回検査したら二回とも陽性反応が出たわ」

実際良くある話だ。確かに彼女が夫を嫌って逃れてきたとはいえ未だに籍は入ったままだし、何といっても二人が知り合って二か月目の妊娠話では男が戸惑うのも無理はない。そして何よりその男は子どももいる既婚者の上に小心を絵に描いたような典型的なサラリーマンなのだ。彼女の唐突な話に責任を取りたくない男は案の定そう嘯いたがそれは当然と言えば当然のことだし一方彼女にしてもすべてが宙ぶらりんの今の状態で子供を産むのはあまりにもリスクが大きすぎる。万が一子どもを産んだとしても離婚成立ができていない彼女が出生届を出すとなると、子供の父親は元の夫になるばかりではなく居場所が元の夫に分かってしまうことになる。その危険を回避するために彼女は産んだ子どもの出生届を提出しないかもしくは産むことを諦めるしかない。確かに産まない選択がベストであるのは彼女にも分かってはいたが、三十歳を目前にした彼女にとってそれは初めての妊娠なのだ。二十一歳で結婚して八年間、あれほど子どもを望んでいたにも拘らず夫との間に子どもが出来ることはついになかった。二人でいくつもの病院を巡り努力をしてみたものの、結局多額の金銭を使った挙句に残ったのは屈辱感だけだった。疲れ果てた二人は子供のいない楽しい人生もあると話し合い新たに歩き始めたつもりだったが、いつの間にか二人の間には齟齬が生じ夫はことあるごとに神経を尖らせ徐々に不平不満を暴力に訴えるようになっていった。

しかし彼女が家を飛び出して二か月目、どういうことか思ってもいない妊娠だった。あれだけ切望しても夫との間にはついに子どもが出来ることはなかったのにまさに青天の霹靂(へきれき)だ。それも突然の大雨に見舞われた暮秋、雨宿りの感覚で入ってしまった場所でのその男との初めての出来事でこのようなことが起こるとは彼女自身にも信じられない。本当に俺の子どもかと言う男の言い分は至極当然なことであるし実際に一番驚いているのは彼女自身だ。

「そちらがどう思おうと勝手だけれどね、私は産もうと思っているの」

男の目は一層落ち着きなく泳ぎ両手をしきりに揉み合わせているだけで一言も発しない。

「そんなに落ち込むことはないわよ」

こともなげに言う彼女の心情が推し量れぬまま男は問題を解決しようと、それは勿論自分のための解決なのだが彼はある提案をする。

「俺にも責任があるのは分かっている。しかし君だって今は産めない状況なのは分かっているだろう。俺も一緒に病院に付いて行くからさ、手術しようよ」

裕子は片方の唇を引き上げると小馬鹿(こばか)にした笑いで男を見る。

妊娠を知ってからの子どもに対する裕子の執着は、彼女が昔思っていたところの愛する人の子どもを是が非でも産みたいというものではなく、父親が誰であれ今はとにかく子どもを産みたいというものに変化している。そして彼女の中にはこの機会を逃したら自分にはもう二度と子どもは出来ないという恐怖感のようなものが起きている。あの不毛ともいえる不妊治療への数年間を思い出しその時の心身共の苦しさを思うと、それは彼女が新たな生命を誕生させる意欲の後押しとなっている。もしかしたらこれが子供を産む最後のチャンスになるかもしれないと彼女は自分に言い聞かせ一層気持ちを奮い立たせる。

相手の男は裕子の働くスナックに来ては、早く手術をしないと手遅れになると急き立てるがそれだけだ。男とは一回だけの関係でその後は二度と何も起こらなかったが、確かに男にとっては一度の火遊びでとんでもない災難に遭遇してしまったと臍（ほぞ）を噛んだのも頷ける。

百六十五センチで中肉の彼女のお腹はそれほど目立つこともなく、それが幸いしてか彼女は手術が出来なくなる妊娠六か月まで誰に気付かれることもなくスナックに勤めることが出来た。六か月が過ぎた時もう後戻りは出来ないと覚悟を決めたが、そう考えた時彼女の中の今迄の張り詰めていた気持ちがふっと抜け彼女の口元には柔らかな微笑みが浮かんだ。

出産を予定している病院には、離婚調停中で健康保険証が手元にないのだと嘘の事情を話し、そして生まれてくる子供は庶子として認知されることになっていると話す彼女に病院側もそのような出産は時々あることなのか敢えて詮索はしない。だが彼女が産もうとしているその子どもは庶子どころか庶子としても届けを出せない無戸籍という運命を背負っている。

問題は山積していたが彼女は出産までのあと数か月を安らかな気持ちで過ごそうと考える。彼女が男に妊娠を告げた当初、男は手術をしてくれと情けない顔をして頭を下げていたが彼女の覚悟が固いと知るとあからさまに脅迫まがいの行動をするようになり、彼女がそれにも応じないとみると男はいつの間にか彼女の前から姿を消していた。

体ひとつで逃げるように彼女は嫁ぎ先を出たが、その時彼女の預金通帳にはかなりの額の預金があったがそれは何年にも亘ってその日の為に彼女が周到に計画していた結果だ。

数年前に夫の暴力が始まった時、この状態がこの先も続くのならばいつかは家を出ざるを得ないだろうと彼女は考え、その時から稼ぎの良い植木職人である夫の収入のほとんどを預金に回したため、家を出ても金銭面で彼女は追い詰められた気持にはならずに済んでいる。

「これから先どんな運命が待っているか分からないけれど、ママはもうあなたを産むと決めたのだから許してね」

裕子は目立つようになったお腹を軽く叩きながらまだ見ぬ子供に言い聞かせるが、産む覚悟はしたものの正直なところ彼女の心中は子どもを無戸籍で産むことに揺れ動いている。

「ママのような悲しい人生を送らないように、ママはあなたに幸代（さちよ）という名前をつけるわね。だからあなたは名前の通り幸せになって頂戴ね」

六か月検診の時主治医の若い女医から弾んだ声で女の子ですよといわれた彼女は、帰る道すがら生まれるのが女の子だった場合にいくつか考えていた候補の中から幸代と言う名前を決めたのだ。しかし決めたとはいってもその名前は区役所に届けようにも決して届けることの出来ない幻の名前だ。

この子には戸籍がない。この子は健康保険に加入出来ない。この子は学校に行くことが出来ない。この子は選挙権を持てない。この子は運転免許が取得できない。この子は国家資格を取得できない。この子は一切の契約行為が出来ない。この子は婚姻届けが受理されない。この子には…この子には…。裕子は自分がこれからしようとしていることがどれ程惨いことなのかを考えると恐ろしくなってくる。たった一枚の濡らしたティシュペーパーを鼻にのせるだけで赤ん坊はいとも簡単に息が止まるという。生まれたばかりの子どもを手に掛ける自分の姿を想像して彼女は己の心根が何とも悲しかった。

八月のその日は午後から何度も夕立が降り、その夕立の合間に裕子は二千六百二十グラムの女の子を出産した。彼女は予定日より二週間早く生まれた子供の産声を聞いた時、立ち会ってくれた看護師にまず聞いた。

「五体は満足でしょうか」

お母さんに似て色白のとても可愛いらしい健康な女の子ですよと言いながら看護師は産着に包んだ赤ん坊を裕子の枕元に差し出す。産着の中で両手を握り締めているピンク色の皺だらけの赤ん坊を見た時彼女の気持ちは緩やかに解れていった。看護師の言葉がお世辞だとは分かっていたが彼女は嬉しかった。せめて今だけはこの幸せにどっぷり浸ってこれから始まる過酷な時間を忘れようと彼女は目を瞑る。

その日から看護師の指導の下で授乳の仕方、げっぷのさせ方、おむつの替え方そして沐浴等の特訓が始まったが、彼女の腕の中で思い切り手足を伸ばす生まれたての赤ん坊は何とも頼りなく愛おしい。入院予定だった十日間は瞬く間に過ぎたが予定日より早く生まれた子どもの体重は順調に増えていたしその間に裕子は病院が推進する「母親としてのカリキュラム」もすべて学習し頭に叩き込んだ。母体も滞りなく回復し退院が許可された彼女は一か月後の検診を予約し子どもと共に自宅に戻って行った。

妊娠が分かった時点で彼女は育児本を何冊も買って子育てに備えていたものの、実際に育児という現場に立った時そのような育児本などはそれほど役には立たないのが分かる。育児は想像していたものとは全く違い、誰にも相談できぬまま彼女は試行錯誤の育児を続けやがて半年が経ったが彼女は未だに幸代の出生届は提出していない。

彼女は出産前にそれまで住んでいた安普請の四畳半のアパートから防音装置の完備された七階建てのマンションに引っ越しをしていたが、それは夜泣きをする赤ん坊の声が隣近所に聞こえ、そのために周囲の人たちとの摩擦が起こるのを避けるためでもあった。戸籍を持たない子どもを育てていく彼女が隣近所の人たちとトラブルを起こさないのは当然のことだが、それより最初から他者と極力関わりを持たないようにすることこそが重要だと思っている。

幸いなことに完璧な防音装置のせいで子供の泣き声は隣近所にはほとんど漏れることもなく、たぶんそこに赤子と暮らす住人がいるとは誰も思っていないはずだ。そのせいか住人たちは裕子の生活は勿論のこと裕子自身にも興味を持つこともなく、それだけでも彼女のストレスはかなり軽減されている。しかし極力他人とは関わらないそのような環境にいても、その後数年に一度の頻度で彼女は引っ越しを繰り返すことになるのだが、それはクーが無戸籍のために就学出来ないことと大いに関係がある。学齢期の子どもが学校にも行かずに毎日家にいることが近所の噂にでもなれば、お節介な人間が管轄の自治体に必ず通報するに違いないし、それを避けるためにも近所の人と馴染にならない二年か三年を限度として居場所を変える必要があったからだ。

裕子が十年にわたる頻繁な引っ越しをやっと終わりにしたのは、クーが十五歳になりいわゆる義務教育が終了の年齢になった時だ。十五歳であれば通常は義務教育を済ませているはずで、仮に学校に行っていない子供が家にいたとしても誰にも何の文句を言われる筋合いはないはずだからだ。

クーが二歳になった時裕子は知り合いのスナックでアルバイトを始めた。それは生活のためということもあったが、実のところ彼女は赤ん坊を育てるのに倦(う)んだというのが正直なところだ。もともと彼女の享楽的な性格が妊娠をきっかけに暫く影を潜めたものの、二年が経って本来のその奔放な性格がまたぞろ姿を現したということだろう。

良く言えば外交的、悪く言えば奔放だった彼女は中学生、高校生の頃から家出をしたり警察に補導されたりと、親を泣かせるほどの好き勝手な生活をしていたのだが、どうした弾みか二十一歳の春、彼女は唐突に結婚を宣言したのだ。相手は山形で代々造園業を営んでいる家庭の息子で彼女より二歳年上の赤沢靖彦（あかざわやすひこ）という植木職人だが、業界でも彼の植木職人としての腕はつとに知れ渡っており確かに彼には職人としての天才的なひらめきがあった。そのためか彼の得意先はコネがコネを呼んで名のあるお屋敷ばかりが数十軒ですべてが月極の契約をしている。そしてその他にも度々臨時の仕事も入る彼の収入は同世代の若者の給料と比べると桁違いなものになっている。

職人特有の度胸ときっぷの良さ、裕子が彼を好きになった第一の理由はそれだが、一方で博打と女遊びというもうひとつ職人特有の負の部分も彼は持ち合わせていた。

「靖彦さんは立派な職人だとは思うけれど、結婚したら必ず問題を起こし苦労するわ」

さんざん娘に苦労を掛けられた両親は、彼女が結婚して落ち着いてくれるのは嬉しいと思いながらも、結婚相手の人となりを知るにつけ不安で仕方がない。相手も四、五人、こちらも四、五人、時間を持て余していた二つのグループがゲームセンターという溜まり場で知り合ったというのも両親が靖彦に対しての気にいらない理由だったが、知り合って二か月後に結婚すると言い出した裕子は既に靖彦という熱病に侵されてしまったようにも見える。

「悪いこと言わないわ。一時の情熱で結婚なんかしても必ず後悔するわ。ねっ、親の言うことを聞いてこの結婚はやめときなさい」

結局彼女は親の反対を押し切って結婚をしたのだが、案に相違してその結婚生活は八年間も続いた。それはひとえに彼女が本来の奔放で享楽的なおのれの性格を封印したことと、結婚を反対した両親に対する意地があったからだ。

クーが二歳になったところで、午後五時から十時までの五時間をベビーシッターに任せて働きに出た裕子だったが、育児という息苦しかった枷が半分ほど取り払われたような清々しい昂りを彼女は感じている。とはいうものの彼女が娘の躾や教育のことを心配していない訳では決してなく、安心して娘を任せることの出来る施設がどこかにないものかと探すのだが、戸籍のないクーは保育園にも幼稚園にも入ることが出来ない。

クーが四歳になった時、この先ずっと学校には行かれないクーのために本格的な勉強をさせる機会を作らなければと裕子は本気で考え始める。できれば勉強だけではなく躾や常識という社会生活をしていく上での最低限の知恵を教えてくれる個人の預かり所を彼女は探し始めた。多少のお金はかかっても個人で預かってくれるところを彼女は希望していたのだがなかなか要望と一致する施設は見つからない。

しかしその機会は意外と早く訪れた。新聞に個人の託児所の求人広告でも出そうかと考えながら彼女が初夏の日差しの商店街をクーの手を引きながら歩いていた時だ。

ねえ、ママ、ほら見て！　とクーが指さす道端に白い半袖ブラウスにインド綿のスカートをはいた中年の女性が座り込んでいる。

「ママ、あの人病気みたいよ」

そう叫ぶとクーはひまわり柄のスカートを揺らし走り出した。そしてその女性の傍に駆け寄ったクーは彼女と向き合ってしゃがみ込むと心配そうに女性の顔を覗き込む。

「おばちゃん、お腹痛いの？　ダイジョウブ？」

彼女はそう言うと抱えていたペットボトルを女性に差し出した。

「この間私もお日様の下で遊んでいたらそうなったよ」

確かに火照った顔をしているその女性は軽い熱中症なのかもしれない。

「これ飲むと元気になるよ」

クーは地面についた女性の手に生暖かいペットボトルを無理矢理押し付ける。

「確かにこの子の言う通り水分を摂ったほうが良いみたいですよ」

いつの間にかクーと並んでしゃがみ込んだ裕子は、傍の自販機で買い求めたのかペットボトルの蓋を開けると女性の両手にそれを握らせた。その冷たい感触に反応した女性は薄く目を開けるとすみませんと裕子に頭を下げ、その水を一口喉に流し込む。それで一息ついた彼女は体勢を立て直すと今度はゆっくり何口にも分けて半分ほどの水を飲み干した。その時遠くから慌てて駆け寄って来たのは鼻筋の通った侍のような顔立ちをした中年の男性だ。

「どこに行ったのかと思っていたら、どうかしたのか？」

「眩暈がしていたところをこのお嬢ちゃんたちが助けてくれたの」

女性が男性の手につかまり立ち上がると目の前の母子に二人は揃って頭を下げた。

「私は石坂（いしざか）と申します。家内が大変お世話になったようでありがとうございました」

「いきなりクラクラっときて…本当に助かりましたわ」

夫妻はお礼に何か冷たいものでもとすぐ近くにある老舗の甘味処に二人を誘った。

「お嬢ちゃん、お名前は？」

しなやかな身のこなしの健康的に日焼けしたその女性・石坂登志江（いしざかとしえ）が向かいに座ったクーに柔和な笑顔を向ける。

「あかざわさちよです」

「あかざわさちよちゃん？　サッちゃんはお幾つ？」

「四つです」

「四つ？」

登志江は一瞬言葉に詰まった。彼女には目の前の女の子と同じ四歳の恵子（けいこ）という孫がいるのだが、二人の体格を比較するとその差があまりにも歴然としていたからだ。

「そう、サッちゃんは四つなんだ、サッちゃんは毎日が楽しいことで一杯なんでしょ？」

クーは恥ずかしそうに隣の裕子の膝に手を置くと母親を見上げた。

「さちよというのはどんな字を書くのですか？」

「幸福のこうに時代のだいで幸代です。この子が幸せになるようにとつけた名前なんです」

「そうですか、いい名前ですね。サッちゃんは何が食べたい？」

登志江の問いかけにクーは斜め横に座っている人が食べているものを指さす。

「クリームあんみつ？　いいわねえ。私たちもあれにしましょうか」

登志江の言葉に皆が頷きそして注文したものが運ばれてくる間にお互いを紹介し合った。

「私はこの三月まである出版社に勤めていたのですが五十を過ぎて人生でやり残したことがいろいろあるのに気が付いたんですよ。出版社の仕事もなかなか面白いのですが自分に残された時間を考えると辞めるには今がリミットだと思い六十の定年を五年残して辞めたんです」

まず話し始めたのは登志江の夫の石坂安治（いしざかやすじ）だ。

「実は私には歴史上で興味のある人物が何人かいるのですが、若い頃に始めたその人たちの研究が中途半端になっていましてね。で、残された時間内にそのうちの一人でも二人でも良いからきちんとした形にして本にしたいのですよ」

「はあ」

「会社勤めもせずに私がこんな優雅なことを言えるのも実はアパートの家賃収入があるからなんですけれどね」

「私は何年も前から早く退社してやりたいことをやった方がいいって言っていたので、やっとその気になってくれてほっとしているんです。でも今はまだ本を書く前段階で多くの専門書を読んでいるところで、主人はこの年になって図書館に一日詰めることもあるんですのよ」

　読むものといったら週刊誌くらいでおよそ本など読まない裕子にとって、目の前の二人の会話は異次元の話で彼女はただ曖昧に頷くだけだ。

「実は私、今はこんなアウトドアー な感じですが、以前は小、中学生向けの塾を経営していましたの。でも十年ほど前に体調を崩して止めてしまったのですが、共働きの娘がどうしても孫を預かって欲しいと言いましてね。最初はただ預かるだけだったのが、私も教えるのが好きなのでいつの間にか勉強まで見るようになってしまって。今は三歳と四歳の孫にだけしか教えてはいないのですが結構充実した毎日なんですのよ」

　夫に続いて自己紹介を始めた夫人の言葉に裕子は何という僥倖だろうと心の中で手を打つ。クーを預かって貰うにはこの二人はまたとない適任者ではないか。

「勉強だけではなく私は孫たちに行儀作法やお料理まで、と言っても今はまだ包丁を持たせるのは危険なので簡単なことを手伝わせるだけで、私が作るのを傍で見させていることが多いのですけれどね。でも孫たちは結構覚えるもので、娘はそこいらの保育所に行かせるよりお母さんの所の方が却っていろいろ勉強できて安心だわなんて喜んでいますのよ」

登志江の話が終わると裕子は嘘もちりばめながら自分の現在の状況を話し始めた。

「実は私はこの子が産まれてすぐにある事情で離婚したのです。それまでも夫とはいろいろな問題があったので離婚をしようと考えていたのですがそんな時この子が出来てしまって…。子どもが産まれればまたやり直せるかとも思ったのですがやはりだめでした」

裕子の唐突な話に登志江の目は驚きのため何度も瞬きを繰り返す。

「そういう事情で私は夜働きに出ていて、娘が四歳になったというのに勉強や躾が全く行き届かなくて困っているところで、預かってくれる所を探しているのですがなかなか思い通りにいかなくて。でも今奥さんのお話を伺っているとお孫さんたちも保育園や幼稚園にはやらずにご家庭で教育しているようで、そういうことが出来るご家庭が羨ましいですわ。そのようなちゃんとした方針で育てていらっしゃるなんて何て素晴らしいんでしょう」

そうか、そういうことだったのか。目の前の痩せこけたこの幼女は生活で精いっぱいの母親に満足な食事もさせて貰っていないのだと登志江は合点がいった。育ち盛りの今、貧しい食事ばかりで頭に栄養が回らないと将来それがどんな負債となってこの幼女の身に跳ね返ってくるのか母親のこの人は考えないのだろうかと思いながら、登志江は目の前でほほ笑む四歳とは思えない痩せっぽちの女の子を見つめる。この子をどうにかして上げなければと彼女は考えるが、自分からこの子を預からせてもらえないかと言うのは先方に失礼に当たるだろう。しかしそれへのきっかけの糸口を掴もうと彼女は話を続ける。

「ええ、でも子どもにとっては団体生活も必要なので小学校は普通にいかせるつもりなのですが、それまでは我々で十分。いやむしろ私が面倒を見ている今の環境の方が却って孫たちも面白い人間になるのではないかと楽しみにしているのです」

夫婦は今現在、子育てではなく孫育てを楽しんでいるのだ。

「あのぉ、本当に厚かましいお願いなのですが、その二人のお孫さんと一緒にこの子にもいろいろ教えてやって貰えませんでしょうか。お宅にこの子を預ければ、勉強も躾もそしてお料理まで教えて頂けるんですよね、そうなれば私も安心して仕事に出掛けることが出来ます」

思ってもいなかった展開にいささか戸惑った様子を見せたのは石坂安治だけで、登志江はそのような展開になったことを殊の外喜んでいる。

「いいですよ。二人でも三人でも面倒を見るのは一緒ですもの。安心して預けていいですよ。それに何年も前から土曜と日曜は我が家を近所の子どもたちに開放しているので、サッちゃんも幼稚園に行かなくてもお友だちは大勢出来ると思いますよ」

裕子は深々と頭を下げるとクーの頭を撫でながら良かったわねと声を弾ませるが、クーには大人の都合など勿論分かるはずもない。耳の上で結った赤いリボンの髪を揺らしながら真っ直ぐな目で相手を見つめる利発そうな四歳のクーを石坂夫婦はすっかり気に入っていた。

クーが石坂家に行き始めた頃は石坂登志江が心配していたように彼女の体格は同年齢の子どもと比較して明らかに見劣りがしていた。家事仕事が元来得意でないのかそれとも忙しくて料理など作る時間がないせいなのか、クーの母親は彼女の想像通り食生活を全く蔑ろにしていたようだ。実際クーの家では出来合いのもので食事をすることが多いようで、クーにとって食事はただ空腹を満たすためだけのものだったらしい。その証拠に石坂家で出される昼食と夕食をきちんと食べるようになるとあれほど貧弱だったクーの体はみるみる同年代の平均的な体格に修正されていった。登志江は女の子らしく艶やかな頬になったクーにここぞとばかりに食べることの大切さを言い聞かせる。

「サッちゃんはお勉強が大好きだけど食べることにはあまり興味が無いみたいね。でもそれではダメよ。人間の体というのは食べた物で出来ているの。サッちゃんのこの黒い髪もすべすべしたこの真っ白な腕もサッちゃんが毎日ちゃんと食べている結果なのよ。だから健康で美しい体を作るには食べることを疎(おろそ)かにしてはいけないのよ。分かるわね？」

登志江の真剣な口ぶりにクーは大きく頷く。彼女はそれまでのただ空腹を満たすためだけの食事からいかにしたら食べることを楽しめるようになるかをクーに教えるために、昼と夜の食事を作る時には孫の恵子と一緒にクーにも簡単なことを手伝わせることを始めた。ゴマ和えのゴマをすり鉢で擦りながら、いんげん豆の筋を丁寧に取りながら、豆ごはんの豆を青エンドウの莢（さや）から取り出しながら、クーの目はいつも登志江の料理の手順を追いそしていつの間にかかなり繊細な料理の手順までも彼女は覚えてしまった。一匹の魚が、ブロックの肉が、丸ごとのかぼちゃや大根が登志江の手によってどのような物に変化していくのか、そして出来上がったその料理を皆で感謝して頂く大切さを無言のうちにクーは学んでいった。

クーはそれからの三年間で行儀作法から始まり料理や洗濯そしてかなり高度な知識までを石坂夫妻に教えられた。夫妻はこのレベルの内容はまだこの子には早すぎるのではと思いながらも教えてみるとクーは難なく理解し回答を出してしまう。彼女と同い年の孫の恵子と比べるとやはりこの子はかなり理解力が優れているようだと石坂夫妻は感心するばかりだ。

「おじちゃん、夕焼けってなんであんなに赤いの？」

「ねえ、おばちゃん。あたしお花を見るととっても優しい気持ちになるのだけどなぜ？」

大人が不思議とも思わずにいる日常をクーは二人に突き付けてくる。だが彼らは一瞬言葉を詰まらせるものの彼女にも分かるように丁寧に説明をする。すると彼女は答えてくれた人を黒目勝ちのその目でじっと見つめてその答えを体に沁み込ませる。かくして彼女の毎日は知り得たすべてのことを糧として実りのあるものとなっていく。

彼女は石坂夫妻から本を読む楽しみも教えてもらった。夫妻の家に行くようになった四歳の頃は、二人の孫たちが既に読み終えた多くの絵本や童話をかたっぱしから見ては文字を学ぶことを覚えた。裕子がそれまでクーに買い与えた絵本はほんの数冊でしかなかったので、石坂家に山積みになった絵本や童話を目にした彼女は嬉しくてならなかった。そして五歳になった時彼女はひらがな、カタカナは勿論のこと簡単な漢字も覚え始めていた。

「サッちゃんは本当にお勉強が好きなのね。驚くほどの理解力だわ」

塾を経営するばかりではなくそこでは講師もしていた登志江は、出来の良い生徒を見るようにクーに期待の眼差しを向ける。

「サッちゃんは将来何になりたいの?」

自分の出生についてはまだ不幸とは思えるはずもない五歳のクーは、母のつけた幸代という名前も素直に受け入れている。

「私ね、お医者さんになるの」

「わー、お花屋さんやパン屋さんではなくて、サッちゃんはお医者さんになりたいのね。お医者さんはお勉強が出来なければなれないけれど、サッちゃんならきっとなれるわよ」

本心からそう思っている登志江はクーの手を両手で握ると大きく左右に揺する。

初めて石坂夫婦の家に行った一年前、壁一面に収蔵された本にクーは歓声を上げた。

「わぁー、すご〜い、こんなに一杯のご本！」

クーは壁一面の本棚の前を長い時間行ったり来たりしては羨ましそうに本を見つめていたが傍にいる安治に大きな目を一層丸くしたまま尋ねる。

「ねえ、おじちゃん。おじちゃんはこのご本全部読んだの？」

「ん、一応読んではいるけれど、内容を忘れてしまったものもあるな」

「すご〜い。おじちゃんってお勉強家なのね」

「勉強家ではないんだけれどおじちゃんは本が大好きなんだよ」

クーの目はほとんど尊敬の眼差しになって安治を見つめる。彼の二人の孫、恵子と信二（しんじ）の運動神経は確かに同年齢の子どもたちよりは勝っているのだが二人は本などにはあまり関心がない。本が好きな安治は二人の孫に少々物足りなさを感じていたところにクーが本に関心を示すのを見て訳もなく嬉しくなっている。

「サッちゃん、好きな本があったらどんどん持って行っていいのだよ、と言ってもサッちゃんにはどれが好きか嫌いかなんて分かるはずがないか。じゃあ、お勧めの本をおじちゃんが選んでそれをサッちゃんにプレゼントしよう」

彼はそう言うと、彼が子供の時から大切にしていて未だに捨てる気にならない古びた本をまず抜き出した。それはトルストイの「イヴァンの馬鹿」というところどころに挿絵が入った厚さが二センチほどもある童話集だが、それは確か彼が小学校低学年の時に父親と出掛けた夜店の古本市で見つけ、我儘を言って買ってもらったものだ。五篇ある童話の中で彼が最も気に入っているのは《人はどれだけの土地がいるか》というもので、ある男が日没までに歩いた土地をあなたの所有地にするという契約を地主と交わし、日の出とともに死に物狂いで歩いた結果男は広大な土地を自分のものとした。しかしその直後ストレスや疲労でその男は息絶えて結局彼が必要とした土地は自分の埋葬される身の丈だけの土地だったという何とも教訓的な話なのだが、その時小学生だった彼は物欲の虚しさに襟を正した覚えがある。

いろいろなことを示唆したこの童話集は幼いこの子にはまだ難解かもしれないが、もう少し大きくなればきっと好きになってくれるだろうと彼は思いそれを含めた数冊の本を選び出した。それらのほとんどは四歳の年齢には早すぎると思われるものばかりだったが、彼はあと数年したらこの子はきっとこれらすべてを読みこなすに違いないと思っている。彼は彼女の中に既に芽生えている未知のことへの貪欲ともいえる意思を感じない訳にはいかなかった。

クーが身の回りのあらゆることに興味を示すことを解禁出来たのは石坂家に行くようになってからだが、それまでも疑問に思うことは日常の中にはいくらでもあった。しかしそれを母親に質(ただ)しても母親はいつも彼女の質問に答えることはなく、彼女の学習意欲を満足させることが出来ないのが常だった。しかしクーが石坂家に来るようになってからはそのような疑問はいつも石坂夫妻のどちらかが必ず解決してくれるようになり、今や満足する快感を覚えた彼女の質問は堰を切ったように放たれる。安治はその小さな女の子の将来を思うとき《栴檀(せんだん)は双葉(ふたば)より芳(かんば)し》という古い諺を思わずにはいられない。

「サッちゃん、おじちゃんと今度図書館というところに行ってみないか。そこには本がいっぱいあってね、たぶんサッちゃんが読みたいと思っている本もいっぱいあると思うよ。そして図書館では誰でもが自分の読みたい本を借りることが出来るんだよ。」

「おじちゃんの家よりご本がいっぱいあるの？」

「勿論だよ。サッちゃんがびっくりするほどいっぱいあるよ」

「フーン、じゃあ本屋さんと図書館だったらどっちにいっぱいあるの？」

本の面白さを教えてもらったばかりの彼女は、図書館の話に目を輝かせる。

「そりゃ図書館の方だよ。ここにあるおじちゃんの本はまだサッちゃんには難し過ぎるものばかりで、サッちゃんが読みたいと思う本はあまり無いよね？　でも図書館にはサッちゃんの年齢の子どもたちが読む本もいっぱい置いてあるし、何といってもサッちゃんが一生かかっても読み切れないほどのたくさんの本があるんだよ」

「エー、本当？」

　彼女は安治から手渡された本を胸に抱えたまま、図書館という場所に行けるという喜びに思わずジャンプをする。

「サッちゃん、本というのはね、人生の先生なんだよ。本を十冊読めば十人の、百冊読めば百人のそれぞれ違う先生と知り合ったことになり、そしてその先生たちがサッちゃんにいろいろ教えてくれるということなんだよ。いろいろな先生にいろいろ教えてもらっているうちに、サッちゃんは自分が何を好きで将来何がしたいのかがはっきり分かってくるよ」

「でも意地悪先生の本を読んでしまったらどうなるの？」

「それはそれでいいんだ。それは半面教師といってね、その意地悪先生の本を読んでサッちゃんがこの先生ちょっとおかしい、私はこんな風にならないぞと思えば、その意地悪先生がサッちゃんに何かを教えてくれたということになるんだからね」

「ふーん」

「ということで小さいうちからいろいろな本を手当たり次第に読んだほうがいいってことなんだ。いずれ自分の好きな本の分野は決まってくるのだからサッちゃんも今はこれしか読まないなどと思わない方がいいと思うよ」

　彼の目を覗き込み懸命に彼の言葉に耳を傾けるクーを見ながら、彼はクーの中に未完の大器を見た気がして、何としてもこの子をいい方向に誘導するべきだという思いに囚われる。

まだ幼い今のうちにこの子に本の面白さを誘導すればこの子はその後きっと自分で何かを見つけ出すに違いない。安治のその思いの通り彼らの前から姿を消す数日前までの二年間でクーは実にいろいろなことを石坂夫妻から学び石坂家に出入りする同じ年頃の子どもたちとも仲良しになった。全員が日中は保育園か幼稚園に行っているため彼らと遊べるのは週末だけだったが、それまでの母親との笑い声もない静寂が支配するマンションに閉じ籠っていた生活と比較すると彼女の気持ちが解放されているのはその笑顔で分かる。

母親が勤めから帰って来るまでをベビーシッターと待つ淋しい毎日を過ごしていたクーにとって石坂夫妻は初めて彼女を真正面から受け止めてくれる頼もしい存在に思える。彼女は石坂夫妻と出会って初めて心の平安を得た気がしていた。

クーに図書館の話をした数日後、安治は早速二人の孫とクーを連れて近くの図書館へ出掛けた。図書館は二階建てで一階は公共の施設が使用しているごくありきたりの実用的な建築物で軽薄な感じさえさせるものだが、確かに図書館というだけあって本の数は石坂家よりは格段に多い。安治はその日を境に度々クーを図書館に連れて行ったが、安治が図書館で借りてくれた本をクーは家に持ち帰るとそれを寝るまで読みそしてそれを枕元に置いて眠った。

それから二年が経ち六歳になったクーは通常であれば来年は小学校に入学になるはずだが、

裕子はその時期が近づくにつれ毎日を苦しい気持ちで過ごすようになっている。隣近所のクーと同年代の子どもたちがいる家庭には、役所のほうから就学通知の書類がそろそろ届くはずだが戸籍のないクーにはいくら待ってもその書類が届くはずはないのを裕子は知っている。孫の恵子には届いたものがクーには届いていないということを石坂夫婦が知った時、彼らがどのような反応を見せるかを考え裕子は思わず身を竦める。この土地にこれ以上いる訳にはいかない、年が明けたらなるべく早くここを離れなければいけないと裕子は思う。

裕子が新潟に引っ越しをすると突然クーに告げたのは、彼女の小学校の入学が間近に迫った一月中旬のことだ。クーを産んだ時からいずれこの会津を出ていくことは覚悟していたものの、実際その引っ越しを目の前にしてこれから先も幾度となくそれを繰り返すことを考え彼女は自分たちの暗澹たる将来を思わずにはいられない。

無戸籍で子どもを産もうと決めた時、彼女は将来二、三年毎に引っ越しをする覚悟はしていた。引っ越しの対象となる事象や節目としては新しい学年を迎える時は当然のこと、隣近所に必要以上に興味を持たれた時そして顔見知りの店が出来た時等々で、その時は即刻その土地から距離を取らなければならないと思っている。

とにかく人とは深く交わらないことよと彼女は唇をキリキリと噛み上げながら呟く。

母親から唐突に引っ越しの話をされたクーは、もっと環境の良い場所に行くという母親の言い分がどうしても理解できない。クーにしたら大好きな石坂のおじちゃんとおばちゃんがいてその上図書館があり緑も多いこの場所が最高の環境でない訳がない。それに仲の良い友だちも大勢出来て毎日が充実している彼女にしたら引っ越す理由などひとつもない。

「石坂のおじちゃんとおばちゃんだけじゃなくて、恵子ちゃんと信二君そして近所の子たちともせっかくお友だちになったんだよ。恵子ちゃんとは四月から一緒に小学校に行こうねって約束していたんだよ。ママ、どうして引っ越さなくてはいけないの？」

涙を溜めたクーは母親に怒りをぶつける。

「ごめんね、幸代。辛いでしょうけど堪(こら)えてちょうだい」

裕子はクーを抱き締めながら、クーを産むことで彼女が捨てなければならなかったことをひとつひとつ数えてみる。

彼女はクーが学齢期に達してから必ず起こる二、三年毎の引っ越しに備えて普段から生活はいたってシンプルにしていた。無駄なものは買わないように心掛け何かひとつを買ったら何かひとつを捨てるようにして極力荷物は持たないようにしている。水商売をしているにもかかわらず、彼女の所有する服の数は驚くほど少なくそれを彼女は上手い着回しで凌ぎまたドレスのリースもかなりの頻度で利用している裕子は、店では洋服にかなりのお金をかけているという噂になっている。全く私たちの生活ときたらまるで遊牧民みたいじゃないのと裕子は呟くが、それが中らずといえども遠からずであるのは間違いないだろう。

遊牧民を自認する彼女の引っ越し荷物といったらクーラーボックス型の冷蔵庫が一つと小さなテレビ、そして二組の寝具と段ボールの荷物が六箱だけで食器戸棚やタンスなどのいわゆる家具といわれる類は何度もそして即座に居場所を変えなければならない彼女たちには必要のないものなのだ。しかしその家具の代わりに彼女が数多く持っているものが簡単に丸め持ち運びに便利なクッション類、そしてテーブルにも家具にも物入れにもなる数十枚の段ボール箱だ。母子二人は遊牧民のようにそのクッションを壁に立てかけそれにもたれまたある時は床に置いてイス代わりにすると段ボールのテーブルで食事をする。

北風の舞う一月下旬の晴れた朝、裕子はクーを連れて石坂家に向かった。応対に出てきた登志江に菓子折りと一月分の養育費を渡しながら裕子は小さな声で切り出す。

「本当に急なことなんですが、実は私たちどうしても今週中に新潟へ引っ越さなくてはならなくなって…なにぶん突然のことで私たちも…」

「えっ、引っ越し？　今週中？　いったい何があったのですか？」

裕子の言葉を矢継ぎ早に繰り返す登志江は動顛しているせいか口元が震えている。

「引っ越すと突然言われても…ちゃんと話してくれないと分からないわ」

「どうしても急に…早くお知らせしなければいけなかったのに今になってしまって」

裕子も明確な説明を言えるはずもなく涙声になっている。

「どうしたんだ、何かあったのか?」

玄関先の何やら揉めている気配に石坂安治が奥から心配そうに顔を覗かせた。

「あなた、サッちゃんたちが今週中に新潟に引っ越すって言っているの」

「えっ?　どういうことなんだ?」

「私もそれを聞いているのだけれど、ただ引っ越すことになったからと言うだけで何も話してくれないのよ」

廊下に出た安治について恵子と信二も玄関先にやって来ると不安そうに裕子とクーを見つめる。彼もまたヒステリックに叫ぶ妻とただ泣いているだけの裕子を交互に見る。

なぜ突然この母子は引っ越しをしなくてはいけなくなったのだろうか、クーを預けに来る朝とクーを迎えに来る夜の一日二回、彼は裕子と顔を合わせている。引っ越しをするならそれを話す機会はいくらでもあったにもかかわらず、彼女はこれまで引っ越すなどという話は一度もしていない。もしかしたら昨日か今日かに誰にも言えない何か突発的なことが起こったとでもいうのか、それとも期限までの借金の返済が出来ずに夜逃げ同然に引っ越しをするとでもいうことなのか。もしそうであるなら我々でも多少の力にはなれるはずだと彼の思考回路は活発に動き出す。

「玄関先での立ち話も何ですから、まあ、ちょっと上がって落ち着いて話しましょうよ」

彼は何とかして二人を家に上げて落ち着いた状態で話し合おうとするが、裕子は当然のことに頑なに拒否をする。

「まだ引っ越しの準備も済んでいないし、これから帰ってやらなければならないことが山積みになっているんです」

裕子は一刻も早くその場を立ち去りたい様子を見せるがこのまま二人を帰してしまっては彼らとはこのまま永遠の別れになるかも知れないと安治の気持ちは焦り昂る。

「裕子さん、失礼だけどもし金銭的なことが理由で引っ越しをしようとしているのだったら言って下さい。何がしかは手伝えるはずですから」

「ありがとうございます。でも引っ越すのはそれが理由ではないんです。家庭の事情とでも言うより仕方がないことなのです」

クーは大人たちの話を黙って聞いている内になぜか訳も分からず悲しくなってくる。彼女は何が何だか分からないまま溢れ出てきた涙を手の甲で払いながら、母親のスカートを力いっぱい握り締めているだけだ。

「サッちゃんも四月からはそこの小学校に入学するのよね？　恵子もサッちゃんと一緒に学校へ行くのをとっても楽しみにしているのよ」

登志江の言葉にクーはしゃくりあげながら頷くと助けを求めるように安治を見上げた。

「ねえ、裕子さん。サッちゃんは私たちに暫くの間預けて、裕子さんだけがひと足先にその新しい住まいに行くことはできないのですか？」

「引っ越し先の新潟では幸代の小学校入学の手続きも既に済ませているんです。恵子ちゃんと一緒に学校に通えないのは残念だけれど、幸代も新しい土地で恵子ちゃんや信二君のようないいお友だちがきっとまた出来るはずだと思います」

裕子の決心は固く、何としてもこの町を出ていくと言い募る。

「じゃあ、せめて今日の夜は送別会をさせて下さいよ。仲良くなった近所のお友だちもそして娘夫婦も呼んで賑やかに二人をお見送りしたいわ。サッちゃんの好きなハンバークや空揚げやサンドイッチを一杯作って…。ねっ、裕子さん。せっかくこんなに親しくさせて頂いたのですもの、それくらいはさせてよ」

「いいえ、そのお気持ちだけで…ごめんなさい。この子もこの三年間、皆様に可愛がって頂いたことは一生忘れないと思います。ねっ、幸代、そうよね」

唇を真一文字に結んだクーは何も言えないまま小さく頷いたが、見開いたその目からは大粒の涙が次々とこぼれ落ちている。裕子は再度深々と頭を下げそれと同時にクーの手を強く掴むと玄関の扉を押した。

「ちょっと、待ってください。何もさせてもらえないのならせめてサッちゃんの引っ越し荷物の中に入れていってもらいたいものがあるから」

慌てて奥に走って行った安治は暫く書斎でごそごそしていたが、やがて何か重そうな物の入った紙袋を抱えて戻って来た。

「この二年間でサッちゃんは随分勉強したけれど、これからもっと勉強をするだろうからこれは役に立つはずだよ」

安治が紙袋の口を開くと、そこにはクーが石坂家に来たばかりの頃本棚で見て羨ましく思った「大辞林」が入っている。

「これはおじちゃんからのプレゼントだ。サッちゃんが使ってくれると私も嬉しいよ」

「ワーッ、私これが欲しかったの。貰っていいの?」

涙を溜めたままクーは飛び切りの笑顔を見せる。

「サッちゃん、おばちゃんからも。おばちゃんが一番大切にしているこれを貰ってくれる?」

登志江はそう言うと首に下げていたペンダントを外し泣き笑いの顔をしたクーの首にそっと掛けた。そのペンダントのヘッドは実はエメラルドの指輪で五年ほど前までそれは登志江の左薬指にいつもはめられていたものだが、働き過ぎかそれとも単なる年のせいか彼女の指は年々太くなり指輪が窮屈になってきたため彼女は最近では指輪にリボンを通してペンダントとして身につけていたのだ。その指輪は登志江の母親の形見で、何代にも亘って大切に受け継がれてきた由緒あるものだそうで、五ミリ幅のプラチナリングの真ん中に大粒のエメラルドがありリングの回りには隙間なく小さなダイヤが埋め込まれている。

登志江は理由も知らされないまま突然別れることになったクーにせめて何か記念のものをと思った時、自分が最も大切にしているそれを、自分の娘とも孫とも思っているクーに何としてでも持っていて貰いたいととっさに思いついたのだ。

「サッちゃん、サッちゃんはきっと素敵な女性になるわ。だからおばちゃんはね、素敵な女性になったサッちゃんにこの指輪をはめて欲しいの。きっと似合うはずよ」

クーは指輪の素晴らしさなど皆目（かいもく）理解できなかったが、登志江が一番大切にしているそれを自分にくれたのだと思うと訳もなく嬉しくなってくる。クーは自分の胸で輝いているリングにそっと右手の人差し指を差し込んでみる。するとそれは彼女の指でクルクルと踊りながら眩（まばゆ）い光を放った。

第二章　乖離

慌ただしく新潟に越してきた赤沢親子は新しい土地で二月を迎えた。しかし母の裕子は数少ない引っ越し荷物を毎日片付けているばかりで、クーが待ち望んでいた小学校入学の話など何もしない。小学校に行くには恵子ちゃんのようにランドセルを買ってもらわなければならないし筆箱や鉛筆そして教科書だって必要だ。しかし母親がそれらを用意する気配は今のところ全くないのでクーははたして四月になったら私は小学校に行けるのだろうかと落ち着かない気持ちになる。きょうはこれからランドセルを買いに行くのよと母親が言い出すのをクーは毎日じっと待っているのだが、母親がそのことには全く触れる様子もないままに一日一日が暮れていく。この新しい引っ越し先は今までのマンションに負けず劣らず堅牢な作りで、上下、左右の部屋の生活音は何も聞こえてこない。密閉された部屋には電子時計の時を刻む無機質な音が響いているだけでクーは世の中から隔絶されてしまっている思いがしている。閉鎖された空間の中で母親と僅かな会話をするだけの日が何日も続いているが母親はクーとの接触を避けるためか、数少ない洋服や食器を段ボールの引き出しに出したり入れたりまたフライパンやお鍋を何度も洗ったりしている。

裕子は息詰まるそのような状態から逃れるためか、引っ越してきてから三週間後に駅の反対側の繁華街のクラブで働き始めたが、それからまた一か月が経ち二か月が経ち新学期の四月になったというのに彼女がクーの小学校入学の話に触れることはやはりなかった。

石坂夫妻は、サッちゃんも四月から恵子と同じ小学校に入学するのよねと確か言っていたが、ここに越してきてからもう二か月が経つというのにクーがこの部屋を出て小学校に行くことはなかった。六歳の彼女は母親が働きに出た後のクッションと段ボールだけの殺風景な空間の中で、石坂安治に餞別にもらった大辞林を見ながらただぼんやりと過ごしている。

どうしてなのよ！　同年代の子どもたちと比較した時、すべての面において変則的である自分の境遇の理不尽さをクーはいつの頃からか諦めと共に納得をするようになっていたが理解は出来なかった。大好きだった石坂のおじちゃんとおばちゃん、一緒に勉強をしそして遊んだ恵子ちゃんや信二君そして近所の多くの友だちと別れその上住み慣れた大好きな会津という町とも別れた。幼い彼女は理不尽だと思いながらもそれらを全部受け入れた。しかし彼女があれほど楽しみにしていた小学校に行けないことだけは何としても我慢がならなかった。

――私を牢屋みたいなこんな殺風景な部屋に閉じ込めて…ママは私をなるべく人の目から隠そうとしているんだわ――

「ママ、どうして私はみんなと同じように小学校へ行けないの？」

思い余って母親を問い詰めたクーだったがその口ぶりには諦めにも似たため息も交じっている。悲しそうな目をしてただクーを抱きしめることしか出来ない母親に、クーは黙ったままその小さな体を預けていた。クーは小さいなりに母の非力を思い知り、自分が今直面している理不尽なこの境遇から抜け出すには他人の力を頼みとするのではなく、自分自身の力で確固とした道筋をつけなければならないのだと徐々に自覚するようになってきている。

毎朝、彼女の住むマンションの七階からクーと同い年くらいの子どもたちがゾロゾロと学校に行くのが見える。開け放した窓から子供たちの甲高い声が容赦なく立ち上って来ると彼女は顔をカーテンに押し付けるように隠し食い入るように彼らを見つめる。その光景は日によって変わり、ある日は色とりどりの傘の移動であり、またある日は元気な大合唱が通り過ぎたこともあった。彼女は妬ましい気持ちで毎朝その光景を眺めているが、自分ではどうにもできない何とも虚しい気持ちになってくる。

――あんなに皆が楽しそうに行く小学校ってどんな所なのだろう――

それから数か月が経つとまた溜めていた不満が爆発しそうになる。するとクーはまた思い出したように母親を問い詰める。

「ママはどうして私を学校に行けるようにしてくれないのよ」

クーの怒鳴り声にも母親はただ話をはぐらかすだけでその場をやり過ごす。

今回の学校の問題に限らず、何ごとにつけてもクーの問いかけに曖昧な返事しかしないのは彼女が物心ついた時からの一貫した母親の姿勢で変わることはない。そういう母親を見てきたクーは、石坂夫妻に預けられたばかりの頃、大人には知らないことが沢山あるのだから石坂のおじちゃんとおばちゃんにあれこれ質問をして恥をかかせてはいけないと自分を戒めていた。しかしある時疑問に思っていることが何気なく彼女の口を衝いて出た時、石坂夫婦はそれをはぐらかすどころかクーが納得できるように分かり易く説明をしてくれて驚いたことがあった。今までクーが母親にぶつけた数多くの疑問に母親が答えられなかったのは、ただ母親が無知だっただけで実は大人は何でも知っているのだとクーは嬉しくなった。クーはそれからというもの石坂夫妻に何でも訊くようになり、二人によって疑問が次々と解決されるようになるとこれまでの彼女が抱えていた未消化な気持ちは霧散していった。

「引っ越しさえしなければ、石坂のおじちゃんとおばちゃんにどうして私だけが学校に行けないのかを訊くことが出来たのに」

彼女は石坂夫妻だったら自分だけがどうしてこのような理不尽な目に遭っているのかをきっと明快に説明してくれるはずなのにと悔しい気持ちになっている。

その夜も母親はいつものように遅く帰ってくると、悲しい気持ちを引きずったまま一日を過ごしたクーの問い掛けに答えることもなく、いつものように酒臭い息とともにベッドに沈みクーの悲しみには全く答える気はないようだ。

——このまま学校にも行かせてもらえず、毎日家に閉じ籠っていなければならないのだとしたら、私は一生一人の友だちも出来ずにこのまま寂しく死んでいくだけなんだわ——

今のこの悲しみを自分に納得させるためには、私は何が何でも石坂夫妻の所に行かなければならないと彼女が突如そう決心したのは新潟に来て八カ月が経った時だ。私が小学校に行けるようになるにはどこへ行って誰にどのように頼めばいいのか。これから先、誰を頼りにどのように生きていけば幸せだと思えるようになれるのか、七歳になった少女は抱えきれない難問に押し潰されそうになっている。以前に住んでいた会津のあの町の番地は今でもしっかり記憶している。突然訪ねたとしても石坂のおじちゃんたちは喜んで私を迎えてくれるはずだ。お金はあり余るほどあるし時間だって十分過ぎるほどある。なにしろ母親は私の悲しみを金銭で解決しようと七歳の子どもには分不相応のお小遣いを与えているのだから。

九月の残暑の熱風が吹く日だった。クーは母親が勤めに出かけた後、登志江に貰ったエメラルドのペンダントを首から下げると愛用のピンクのリュックに手持ちの大金を詰めて以前に住んでいた会津の町に行くために駅に向かった。バスには乗らずに駅までの道を歩き始めた彼女は、ここに越して来てからの無為だった八カ月をつらつら思い返してみる。そして思えば思うほど自分一人では一歩も前に進めない今のこの状況に思い至り、自らを破壊するほどに泣き叫びたい気持ちになってくる。

灼熱に身を任せながらクーは考える。同じ年頃の子どもたちと同じことをさせてもらえない私の今のこの状態はいくら考えてもやはりどこかおかしい。でも私が石坂のおじちゃんたちに自分の今の理不尽な状況を訴えそれに対する解決策を聞くことで、母親は石坂のおじちゃんとおばちゃんに何て酷い親だと思われるのではないだろうか。もしかしたらおじちゃんたちは会津から新潟までわざわざやって来て母親にお説教をするかもしれない。彼女がそういう場面を想像してやるせない気持ちになってくるのは自分がどのような理不尽なことをされようとも所詮親は親ということなのか。クーの中にあのような母親でも悪者にはしたくないという気持ちが芽生えてくる。

――私は母親の悪口を石坂のおじちゃんとおばちゃんに告げ口しようとしている。親の悪口を言うそんな私を狡からい子だとおじちゃんたちはきっと思うに違いない――

そこまで考えた時彼女の中で石坂夫妻のところに行こうとする昂ぶった気持ちが徐々に萎えてきた。石坂のおじちゃんとおばちゃんには絶対嫌われたくない。彼女はしぼんだ気持ちを持て余したままなす術もなくその場に立ち竦んでいたがやがて気を取り直した彼女はとりあえず近くのベンチに腰を下ろした。しかし彼女の中ではまだ会津に行かないという最終的な判断はつきかねている。会津に行かないということは今のこの閉塞された状態を是としたことになり、それは取りも直さず彼女の今の何とも中途半端な生き方をこれから先も続けるということだ。どのようにしたら解決の糸口が掴めるのか判断がつかないままベンチに腰を下ろしたクーはゆっくりとあたりに目をやる。そこはかなり大きな広場になっており、いろいろな種類の木がふんだんに広場を囲んで植えられていた。残暑の日差しは生い茂った木々に遮られその広場の中央あたりを照らしているだけで、広場のほとんどは気持ちの良い木陰で灼熱のその日に吹く風もこの場所では実に快い。彼女は萎えてしまった気持ちを今一度反芻してみるが、七歳の子どもには何をどうすれば良いのか分かるはずもない。

その時一陣の風が舞い上がり容赦なく砂塵が彼女の目といわず口といわず入り込んだ。思わず手で顔を覆ったクーは込み上げる悲しさに思わず大声を張り上げたが、そんな彼女にお構いなく風は緩急をつけてとどまるところを知らない。彼女は両手で顔を覆ったたままどれ程の時をその場所にいたのだろうか。泣き腫らした顔を上げた時、彼女は既に現実を受け入れることを選択していた。

結局私が帰る場所はクッションと段ボールだけの殺風景なあの部屋以外にはないのだと考え直したクーは暗い気持ちでベンチから立ち上がった。が、その時彼女の目は少し離れた場所に建つ何か歴史を感じさせる古い建物を捉えた。

――あれは何？　学校？――

彼女の住むマンションから歩いて五、六分の所にその地域の子どもたちが通っている、本来だったら自分も通っていたであろう小学校があり、クーは数少ない外出時にそれを遠くから羨望の眼差しで見ていたが中に入ったことは一度もない。彼女が毎朝七階から見下している色とりどりのランドセルを背負った子供たちは、たぶんその学校に通っているのだろうが、彼女にとって学校というのは憧れと同時に近寄り難いものでもあった。しかし今目の前の重厚な歴史を感じさせる建物に威厳は感じたもののそれはクーを拒否している感じではなくむしろ彼女を手招きしているようにも思える。その時その温かく抱きとめてくれそうな建物の中に入ってみたい衝動が突如彼女の中に沸き上がった。その気持ちは彼女の行動を思いの外俊敏にし、彼女は建物が逃げ出しでもするかのようにそれに向かって全速力で駆け出した。

　目の前のその建物は遠くで見ていた時より一層重々しく厳かに感じられる。いつも彼女が羨望の眼差しで見ていた近くの小学校は明るく機能的な感じはするものの目の前の建物のような重厚さは微塵もない。彼女にはその建物がどういうものなのかは想像がつきかねたが、その古めかしい建物から出てくる人たちを具（つぶさ）に観察していると皆が皆口元に穏やかな微笑みを浮かべ幸せそうな顔をしている。

　――この古びた建物に入ると誰もが幸せになれるのだろうか――

　彼女は不思議な思いで出入りする人をなおも観察してみる。そして自分もこの建物に入ったらそれまでの背負いきれない毎日の悲しみがなくなり、きっとあの人たちのような優しい笑顔を浮かべているに違いないと考える。実際一月の末に石坂夫妻や恵子ちゃん、信二君そして多くの友だちと別れてからはクーには何ひとつ楽しいと思えることなどなかった。そういえばあれから私は一度も笑っていないとクーは思い返す。

松の大木の陰に隠れて建物に出入りする人たちをじっくり観察していた彼女は、今度はゆっくりと入口に続く御影石の階段の下に歩いて行く。彼女はその場で大きくひとつ息を吸い込むと一歩一歩その階段を上っていったが彼女の心臓は未知なる世界に足を踏み入れる喜びで慄いている。しかし案に相違して小さな少女がその建物に入ってきたことを気に留める人は皆無だった。なぜならその建物の中にはクーと同じ年頃とおぼしき子供たちがあちこちで元気に動き回っており、その建物の中に子どもがいることは別に不思議でも何でもないことだからだ。しかしクーと彼らが決定的に違う点はといえば、彼らには母親か父親、さもなければ必ず誰か大人が付き添っているということだ。

彼女は一階の様子をひと通り観察すると次に木彫りを施した手すりの階段で二階に上がって行ったが、本棚の壁面で仕切られたいくつもの部屋には膨大な本が収められ、それを目にしたクーは眩暈がするほど気持ちが昂ぶってきた。五階建てのこの建物のそれぞれの階にもこの階と同じようにたくさんの本が収められているに違いない。

石坂家には本がたくさんあったし近所の小さな図書館にも多くの本はあったが、ここにはあそこの何十倍どころか何百倍もの本があるようだ。会津の図書館の本の数に驚いたクーだったが、目の前の本の数とは比べようもない。彼女は建物全体を埋め尽くしている本をゆっくり眺めているうちになぜか心が安らかになっていくのが分かり不思議だった。

――誰も知った人のいないこの土地だけれど、この図書館がありこれらの本があれば私は何とか生きていけるかもしれない――

石坂夫妻に会いに行こうとした道中でこのような図書館と出合ったことは、出口の見つからないクーには何かの巡りあわせとしか思えない。この地に来てから八カ月が経過していたがあまり家から出ないクーは町並みも近所の建物のこともほとんど知らない、まして自宅から歩いて三十分の所にこのような歴史的な建物があるなどとは想像だにしていなかった。

駅に行くには本来ならマンションの近くから出ているバスに乗るのだが、一時間に三本しか出ていないバスを乗り逃がした彼女は所持金も十分あることだし駅までをタクシーで行くことも考えた。しかし彼女はその日は帰りそこなったら石坂夫妻の家に泊めてもらうことも視野に入れていたので急ぐことはない彼女は駅までの約二キロ以上の道を歩いてみることにしたのだ。どのくらい時間がかかるのかは分からなかったが、この町を偵察がてらぶらぶらと歩くのも悪くはないだろう。そしてそのいい加減な思いつきの結果その歴史ある建物と遭遇し、靄のかかっていたこれからの人生に彼女はほのかな希望を見出すことが出来たのだ。

一時間いや二時間か、彼女はその建物の一階から五階までの階段を上ったり下りたりしながら各階を隅々まで探索したが興味は尽きることがない。彼女は石坂家にある本も安治に連れていかれた近所の図書館の本も、興味を持ったものはあらかた読みつくしていた。しかしいろいろ探索するうちに分かったことは、この建物の中には彼女が読みたいと思う本が無尽蔵にあるということだ。

翌日も日がな一日クーは高い天井の心が解き放たれるようなあの図書館を思い出し訳もなく気持ちが昂ぶってくる。しかしあそこに行っても私はただ本を見ているだけで借り出すことは出来ないと思うと彼女の気持ちは落ち込んでしまう。石坂のおじちゃんと図書館に行った時、安治は何やらカードを出して自分が読みたい本とクーが希望した本の両方を借りていた。彼はサッちゃんももう少し大きくなったらおかあさんにカードを作ってもらいなさいと言っていたのだがその機会がないまま新潟へ引っ越すことになってしまったのだ。

しかし今、彼女は自分が同じ年頃の子どもたちとは根本的に何かが違うのだということを明確に承知している。会津ではクーたちの外出時はいつも石坂夫妻のどちらかが引率してくれていたが、新潟に越して来てからは彼女と行動を共にしてくれるいわゆる大人が近くにはいない。昨日図書館で見た同年齢のあの子たちの傍には必ず誰かが付き添っていたし、だからこそあそこにいた子供たちはあのように明るく無邪気に図書館の中を走り回ることが出来ていたに違いない。しかし仮にクーが図書館の中を走り回ったとしたら同伴者がいない彼女は図書館職員からどのような扱いを受けるのだろうか。

「お嬢ちゃん、お家はどこなの？　おとうさんかおかあさんと一緒？」

職員は彼女が何処に住んでいるのかを執拗に詮索するだろうし結局彼女はその場所から無言の拒否を受けることになるに違いない。

私は一歩外に出たら透明人間のように誰からも無視される存在にならなくてはいけないのだ。どこに行っても目立つと碌でもないことになると自覚している彼女は、たまに外に出る時も目立たないように黒い服を着、道の端を伏し目がちに早足で歩く。通常であれば当然学校へ行っているこの時間に一人で歩いている小さな女の子にすれ違うと誰もが一瞬怪訝な目を向けるもののただそれだけだ。

「たぶんあの子はあんなに小さいのに今流行りの登校拒否の子に違いないわ。毎日このように目的もなく町をぶらぶらしているのでしょうが親御さんも気の毒に」

その人は憐憫の眼差しを過ぎ去っていくクーに向ける。

「でもとにかくうちの子があんなにならなくて良かった」

彼女はそう呟きながら前を向くともうクーのことなど忘れている。

　クーは図書館の建物を見た翌々日から毎日その場所に出掛けて行った。しかし平日のその日、付き添いもいない小学生と一目で分かる自分がその場所に入るのは躊躇われるのでクーは図書館前の公園のベンチに座って日がな一日図書館を見続けることで我慢した。だが平日以外の土曜や日曜は付き添いがいなくてもそこに来ている子供はかなりの数はいるはずだ。

――我慢もあと三日。そうすれば私だってあの建物に堂々と入れるのだから――

しかし今まで期待というものにはことごとく裏切られ続けてきたクーは、もしかしたら三日後の土曜日に図書館が消えてしまうのではないかと不安でたまらない。

その夜、相変わらず酒臭い息を吐きながら帰って来た母親にクーは尋ねる。

「ママ、駅の近くに古いお城みたいな図書館があるんだけれど知っている？」

「図書館？　知らないわ」

それまで母親が週刊誌以外の本を読んでいるのを見たことがなかったが、石坂家に行くようになって夫妻の博識に驚き二人の読書の量に感嘆し、母親が彼女の質問をいつもはぐらかさざるを得なかった理由に初めて合点がいき強い衝撃を受けたものだった。

石坂家に行くまでは彼女の家には本というものは一冊もなかったが今は段ボールで作った本棚には大辞林を中心として何冊かの本が立てかけられている。小学校入学間際に突如引っ越すことになり、その時石坂安治は餞別としてクーに大辞林をくれたのだが、その大辞林はクーが石坂家に行っていた時、羨ましそうにいつも手に取り眺めていたものだ。
「ねっ、おじちゃん。おじちゃんは何でも知っているけれど、この辞書に書かれていること
は全部知っているの？」
「私はサッちゃんよりは長く生きてきたからね、その分だけサッちゃんよりは知ってはいる
けれど、でもこの辞書にはとても敵わないよ」
「へえー、この辞書はおじちゃんよりお利口さんなんだ」
「そうだよ、でもサッちゃんだってこの辞書を丸ごと全部覚えればどんな大人にも負けるこ
とはなくなるよ」
「ほんと？　凄いなあ」
目の前に置かれた分厚い大辞林に両手を置くとクーはそれを撫でまわす。
石坂安治が会津の地を離れるクーにくれたのはその時の辞書で、彼女にとってそれは喉か
ら手が出るほど欲しいと思っていたものだ。
今のこの殺風景なマンションの唯一文化的な空間ともいえる段ボールで作った本棚にはそ
の時貰った大辞林、そして石坂夫妻に会って間もなくもらったトルストイの《イヴァンの馬
鹿》と数冊の本が並べられているが、それらが家に持ち込まれるまではクーの家には本とい
うものはただの一冊もなかった。新聞も購読していない母親はテレビから一方的に流される

情報だけがすべてで、彼女の思考はテレビのワイドショーそのものであるのだが、彼女はそれを良しとして満足しているようなのだ。

「この間散歩している時にね、偶然その図書館を見つけたの」

「散歩？　駅までのあのかなりの距離をサッちゃんは歩いたの？」

　クーは学校にも行かせてもらえない今の状況を石坂夫妻に相談するため会津に行こうと思ったことなど母親に言えるはずはない。

「うん、時間があるので散歩をしてみたの。そしたら石坂のおじちゃんと行った図書館よりもずっと大きな図書館で本もあそこの何十倍もあったよ。ねえ、ママ、図書館で本を借りたいので私にもカードを作って！　カードを作るとどんな本も借りられるんだよ」

「図書館なんてわざわざ行かなくても、本を買えるだけのお小遣いは上げているでしょ」

「ママ、違うのよ。本屋さんで買う本ではなくて図書館にあるたくさんの本の中から読みたい本を探して私は借りたいの」

「誰が触ったかも分からない黴菌（ばいきん）がいっぱいついた不潔な本を何もわざわざ借りることはないでしょ」

「あべこべよ。誰が読んだか分からないけれど、分からない誰かが私が読む前に読んでそれで何かを感じたんだと思うと私も読みたくなるの」

「何を言っているのか良く分からない！」

裕子はややこしいことに巻き込まれるのはたくさんだとばかりに惚けてみせる。

「だから貸出カードを作るのにはママがついて行ってくれなければだめなのよ」

裕子はいつになく食い下がるクーに苛立ちを覚える。

「カードは大人にならないと作れないのよ」

「違うもん、石坂のおじちゃんは私でも作れるって言っていたもん」

疲れている裕子は怒りを爆発させた。

「あーうるさい！　本なんか読むのはやめなさい！　訳の分からない屁理屈ばかり言って、全く小賢しくなるだけだわ」

貸し出しカードを作るたったそれだけのことに怒りを顕わにする母親が理解できないままクーは黙り込んだ。裕子は徐々に自分の置かれている状況を理解し始めているらしいクーに正直辟易している。クーに何の落ち度も責任もないことは分かっていたが、直感で生きている享楽的な性格の裕子からするとクーのように理詰めで正論を吐いてくるやり方はどうにも苦手だ。八年前のあの時、暴力的な夫から逃げ出したようにいつの日か私はこの子の厳格さから逃げ出すことになるかもしれないと裕子は思う。

翌日の土曜日、慌ただしく朝食を済ませたクーは心急くまま図書館に向かった。図書館までの徒歩三十分の道程さえも楽しむように彼女はスキップをしている。クーが図書館の階段を駆け上がり中に入ると土曜日のその日はやはり大人は勿論のこと小学生や中学生の姿も多い。彼女は前回来た時に目星をつけておいた本がある二階に上がると読みたいと思っていた数冊のうちの一冊、芥川龍之介の《蜘蛛の糸》を手に取ってみる。それは初めてこの建物に入った時、小学校の高学年と思しき二人の女の子が芥川龍之介のその本の面白さをしきりに話し合っていたので、次にここに来た時一番に読むことに決めていた本だ。それを手に持った彼女は一階に戻るといろいろな形のテーブルが随所にある閲覧室に入り陽光が差し込む窓際の丸テーブルに腰を下ろした。彼女は満足の笑みを口元に浮かべたまま本の最初の一ページを開いたがそれは小学校高学年用の本なのか、かなり漢字も混じり七歳のクーにはまだ難しいとも思われる。しかし彼女は日数をかけてでもこの本を読み上げようと決心し読み始めたが、分からない漢字が時々出てくるものの内容は面白く彼女はその本に引き込まれていった。一時間ほど読書に没頭していただろうか、彼女がふと顔を上げると遠くの本の貸し出し受付窓口には数人の子どもたちが並び、彼らは慣れた手つきで受付にカードを出して本を借りている。それをクーはぼんやりと見ていたが突如読んでいる本をそのままにして立ち上がると、彼女は何冊かの本を腕に抱えたひとりの少女に近づきニッと笑いかけた。

「ねえ、さっき窓口で出していたあのカードは誰のカード？」

ポニーテールの利発そうな少女はいきなり声を掛けてきた小鹿のような可愛らしい少女を怪訝そうに見返す。

「変なこと言わないで！　私のものに決まっているじゃないの」

「フーン、あそこにいるのは弟？　じゃあ、あの子も自分のカード持っているの？」

「そうよ、妹だってちゃんと持っているわ」

「みんなが一枚ずつ持っているの？」

当然のように頷く少女にクーの目がますます見開かれたが、彼女はポニーテールの少女にもう一度ニッと笑い掛けると窓際のテーブルに戻って行く。

――私が同じ年頃の子のように学校に行かせてもらえないことも図書館で私のカードをママが作ってくれないことも、私はみんなと違ってやはりどこかおかしい。体だってどこも悪くはないし同い年の子に負けないくらい色々なことを知っている。それなのに私はどうして一人ぼっちで来る日も来る日も家に閉じ籠っていなければいけないのだろう――

ここのところ母親が明け方近くになって帰ってくることが続いている。しかしそれは格別珍しいことではなくこのようなことはクーが物心ついてから何度かあった。母親の化粧が一段と入念になり着る物の好みも変化するような時、決まって母親は上の空でいつにも増してクーの気持ちは母親から取り残された状態になる。母親が明け方近くに帰るようになってから二週間が経ちストレスのためかクーの体調は目に見えて悪くなっていく。母親が出かけようとすると彼女は決まって頭が重いとかお腹が痛いとか言い出すのだか、それは嘘ではなく彼女の体には実際そのような症状が起こるのだ。しかし私が出掛けるのを邪魔していると信じて疑わない母親は、クーの体が無言の訴えをしていることを理解しようとはしない。

その夜も一人ぼっちの夕食だった。トーストした食パンにレタスと目玉焼きをのせてあとはコップ一杯の牛乳、それが彼女のその日二度目の食事だ。この新潟に越して来てからは石坂登志江があれほど口を酸っぱくして言ったことをクーは守っていない。

「人間の体というのはね、食べた物で出来ているの。サッちゃんのこの黒い髪もすべすべしたこの陶器のような白い腕もサッちゃんがちゃんと食べたことの結果なのよ。だから健康で美しい体を作るには食べることを疎(おろそ)かにしてはいけないのよ」

登志江によって料理を作る楽しみもまた食べる楽しみも理解したはずだったのに、今は石坂家に行く前のようにクーはただ空腹を解消するためだけに食べ物を口にする生活に戻ってしまっている。食生活が貧しくなったせいか彼女の体重は新潟に来てからの八カ月でかなり落ち込んでしまっているがそのせいかここのところ訳もなく倦怠感を感じることが多い。あれだけ好きだった本もあまり読む気が起こらず図書館にもとんとご無沙汰している。

夕食を食べて一時間くらいが経った時、腹痛を覚えた彼女はトイレに行こうと立ち上がったものの廊下に続くドアの前で突然眩暈に襲われその場に倒れてしまった。倒れたはずみでドアノブに額を強打した彼女はそのまま意識を失ってしまったがどのくらいの時間が経過した時だったたか、むき出しの腕を冷たいフローリングに押し付けたままのクーは九月末の思わぬ寒さに身震いをしながら意識を取り戻した。腹痛はいくらか治まっていたものの床には額をドアノブに強打した時の血が飛び散っている。

ママ、助けて！　うつ伏せになったままのクーは小さな声で母親を呼んでみたが壁に掛かった時計の規則正しい秒針音が意外な大きさで聞こえてくるだけだ。立ち上がれないということは額だけにとどまらず他の箇所も打撲しているのかもしれない。うつ伏せ状態のまま首だけ巡らせた彼女が壁に掛かった時計を見上げると針は四時二十分を指しており母親が帰って来る明け方まではまだ当分時間がある。

「ママ、助けて。痛いよぉ、寒いよぉ」

所詮無理な願いだとは知りながら、彼女は何かを言わずにはいられない。

「石坂のおじちゃん、逢いたいよぉ。おばちゃん、幸代を助けに来てよぉ」

クーは体勢を横向きにするとエビのように体を丸める。そして両腕で腹部を押さえつけ間歇的に続く腹痛に懸命に耐え続けた。

「恵子ちゃん、信二君、逢いたいよぉ」

何かを言っていれば痛みが治まるとでも思ったのか、彼女は石坂家で友だちになった思い出す限りの名前を念仏のように呟き続ける。

彼女は夢を見ていた。立派な宮殿の大広間に設(しつら)えられた長方形のテーブルを囲んでまさに食事が始まろうとしている。そこには石坂のおじちゃんの他に恵子ちゃんや信二君そして石坂家に遊びに来ていた子どもたちの他に多くの見知らぬ人たちもいる。みんなの前には高級そうな食器がセットされ誰もがそわそわと料理が運ばれてくるのを待っていた。その時大広間の扉がゆっくりと開き大鍋を載せた手押し車を引っ張る女の子を両脇に従え石坂のおばちゃんがしずしずと入ってきた。大きく胸元の開いた萌黄色の床まで届くドレスを着たおばちゃんはあでやかで美しい。しかしその大きく開いた胸元にはクーが石坂のおばちゃんに貰ったあのエメラルドの指輪のペンダントが光っている。それ私のペンダント！　クーは叫び出しそうになったが慌てて口を押えると声を飲み込んだ。おばちゃんの右手には銀製の大きなナイフとフォークが握られているが、彼女はそのまま静かに正面に移動して行くと本を読んでいる石坂のおじちゃんに恭しく挨拶をした。そして少女に合図をして大鍋を自分の近くに寄せさせるとナイフとフォークを器用に操り安治のお皿に料理を手際よく盛り付ける。そして次々と移動しては一人一人に笑いかけ同じように彩(いろど)り豊かに料理を取り分けていった。その料理はどうやらおばちゃんが何日もかけて作った自慢の料理らしいのだが、それはクーが初めて見る料理のようだ。そしてやっとクーの傍らまでやって来たおばちゃんはなぜか突然不機嫌そうな顔になると、あろうことかクーのお皿には大小の石を乱暴に盛り付けたのだ。

「さあ、皆さん。どうぞ召し上がれ」

おばちゃんの声にナイフとフォークの触れ合う音がして皆が一斉に食べ始めその後も次々と料理は運ばれてくるのだがクーのお皿に盛りつけられるのはなぜかすべてが石の料理だ。

「おばちゃん、お腹すいたよう」

クーの訴えに石坂のおばちゃんは冷たく突き放す。

「おばちゃんはサッちゃんに人間の体は食べた物で出来ているんだと教えたわよね？　栄養が口から入ってこなくなるとどういうことになるか教えて上げたわよね？　それともおバカになったサッちゃんは忘れちゃったのかな。ほら見てごらんなさい、その痩せこけたカサカサの顔や腕を。サッちゃんは今そういう悲惨な状態にいるのよ」

「おばちゃん、明日からはおばちゃんに教えてもらったお料理をちゃんと作ります。栄養のあるものを一杯食べます。幸代はおバカじゃないです。だからおばちゃん、許して下さい」

「おばちゃんの家でサッちゃんも手伝ってくれて一杯お料理作ったでしょ？　今まで作ったお料理は全部サッちゃんの頭の中に入っているから作れるはずよ、分かったわね？」

石坂のおばちゃんの顔はクーの記憶の中のあの優しい顔に戻りそしてクーのお皿には湯気

の立った今まで見たこともない豪華なお料理が美しく盛り付けられた。

「いい子になるのならこれは元の持ち主に返さなくてはね」

おばちゃんはにっこりほほ笑むと首からエメラルドのペンダントを外しそしてそれをクーの首に優しく掛けてくれた。

早朝五時半に帰宅した裕子は電気が付いたままの部屋で倒れているクーを見て、男と過ごした先刻までの甘美な余韻が一気に吹き飛んだ。むき出しの腕を冷たい床に押しつけたまま倒れていたクーの体を毛布で包むと彼女は一一九番に救助の要請をした。

病院のベッドの枕もとに座った裕子はクーの手を握り青白いその顔を見つめていたが、帰宅当初の動顛ぶりは徐々に収まり彼女は今事態を冷静に考えられるようになっている。

その時ウーッと呻き声を上げたクーが体を思い切りのけ反らせると、肉の落ちたその顔には苦悶の表情が浮かんだ。それを見た裕子は眉を顰めると慌てて握っていたクーの手を外しその手を毛布の中に邪険に押し込んだ。

――私があの時間に帰らずに、この子が冷たい床にあのままずっと倒れていたとしたらこの子はどうなっていたのだろうか――

裕子の中の悪魔が囁く。

――この子は既にもう私を憎んでいるし私もこの先この子を愛していく自信はない。我々には憎しみ合って別れる時がいつか必ず来る。それがちょっと早いか遅いかだけの問題なのに私は何をウジウジしているの――

目を覚ましたクーの耳に母親のひきつった声が聞こえてくる。

「だから家に置いてありますので退院したらすぐにでも持ってきますよ。とりあえず自由診療ということで全額を現金で支払っておきますのでそれで良いでしょ？」

元の夫の住所から未だに住民票を移していない裕子は国民健康保険にも加入していないので、病院に保険証の提出を求められ彼女は動揺している。

「被保険者証の番号が分かりさえすれば、保険証を持ってくるのは落ち着いてからでも結構なんですよ」

「払っておきますよ。今度保険証を持って来た時に精算してもらいますから」

被保険者番号などが分かるはずもない裕子は、一刻も早くその場を逃れようとけんか腰になっている。

ドアノブに打ち付けて裂傷を負ったクーの額は結局三針縫うことになり、その他にも倒れた時に軽い打撲を負っていた。そして頻繁に起こる腹痛や頭痛に関しては検査でも異常は見られず、担当医は成長期には良くある精神的なものからくる腹痛や頭痛だと思いますがそれよりも体重の少なさが気になりますと非難するような目を裕子に向ける。

三針縫った傷の抜糸をするために病院には一週間後にまた来るということで退院になったが、健康保険証を持っていない裕子は自由診療扱いで全額支払った治療代をそのままに、その後二度と病院に行くことはなかった。

クーが病院に救急車で運ばれた日から裕子はクラブを休んでいる。クーは退院してから後もずっと母親が傍にいることが嬉しくて仕方がない。

「ママ、私ね、石坂のおばちゃんと約束したんだよ」

「ん？　いつ？」

「このあいだ夢の中で」

「夢で？」

「昔ね、石坂のおばちゃんが人間の体は食べた物で出来ているのだから食べることをいい加減にしちゃだめだって言ったの」

「へえ、そんなことを言ったの」

「私が痩せっぽちなのは毎日ちゃんと食べていないからだって」

「食べるものなんかそこいらでいくらでも売っているでしょ。お小遣いだって十分上げているんだから食べないあなたが悪いんでしょう。人聞きの悪い、まるで私が食べさせていないみたいじゃないの」

　彼女は自分が石坂登志江に面と向かって非難されたかのように感情が昂ぶっている。

「そうじゃないの、おばちゃんはお料理を作ることと感謝することと食べることは繋がっているって言うの。でも私が食べることに興味を持たないでいると、ずっと痩せっぽちのままだっていうの」

「いったいママにどうして欲しいの？　私にお料理を作れとでも言うの？」

　登志江の言ったことにクーが全面的な信頼を置いているようなのが裕子にとってはどうにも面白くない。

「ううん、ママは今のままでいいよ。ただ私は昔、おばちゃんにお料理の作り方を沢山教えてもらったから、これから毎日お料理を作ろうと決めたってことを言いたかったの。そうすれば食べることに興味を持てるようになれるはずだから」

「好きにしたら。でも火にだけは気を付けるのよ」

　母親の反応は素っ気ないものだったけれど、クーは夢の中で交わした石坂のおばちゃんとの約束は何が何でも果たそうと思っている。

　母親が家にいるようになってから、一連のクーの体調不良は一度も起きていない。

　病院から自宅に戻って一週間が経った時、もうそろそろ抜糸しようかしらねとクーの額を見た裕子が呟く。

「糸を抜くのは一週間後ですってお医者さんも言っていたよね。だからママがしないで病院に行かないとだめなんだよ」

「いいのよ。あなたの頭痛も腹痛も成長期には良くある精神的なものだと言っただけで結局は治せないあんなヤブ病院に行く必要はないわ。この傷跡だって綺麗になっているしあとは糸を抜くだけなのよ」

ここでクーが何か言おうものなら裕子の暴言が飛び出し、ここ数日のクーの安らかな気持ちは霧散してしまうに違いない。彼女はそれが怖かった。

「ママがちゃんと抜いてあげるから大丈夫よ」

何も言えずに黙ったまま裕子の前に座ったクーは髪をかき上げると額を突き出した。

――私が小学校に入学出来ないことも、図書館で貸し出しカードを作れないことも、私を病院に連れて行かないことも原因はひとつに繋がっていることなのかも知れない――

「ほらね、病院になんか行かなくても何とかなるものよ」

裕子はクーの額を前髪で隠すと仕事を成し遂げた満足の笑みを漏らす。抜糸されたクーの額の一センチの赤い傷跡は何年かするうちに肌の色と同化するはずだ。

裕子は病院の阿漕(あこぎ)さをクーにひとくさり話すと、万が一これからも体に不調が起こったとしても、家で我慢をしていればじきに治るのだからと、暗にどのようなことがあっても病院へは行かないようにとプレッシャーを掛ける。

もっかのところ裕子が抱える気掛かりは、救急車の要請で隣近所にクーの存在が分かってしまったことで、そのため急遽新しい引っ越し先を見つけなければならないことだ。

退院してからすぐに新しい住まいを探し始めた裕子は同じ新潟市内に新築で防音完備のマンションを見つけた。家賃は今までより二割増しだがそのまま引っ越さずにいるとクーの無戸籍が露見する危険性はかなり高くなるだろう。家賃は少々高くなっても目の前の緊急性と危険性を考慮すればそれも致し方ない。即刻契約を済ませた彼女はその夜から引っ越しの準備に取り掛かったが、荷物がほとんどない遊牧民母子の荷づくりは至極簡単だ。

慌ただしく引っ越しをしてから後の六年間で彼女たちは新潟から秋田の大舘、大舘から能代市、能代市から石川県・金沢市へと三回の引っ越しをした。

秋田の大舘という町に越してきたばかりの五年前は、まだ近所の目を気にしてなるべくクーを外に出さないようにしていた裕子だったが、彼女が隣近所の人たちに関心がないのと同じように彼らも他人のことにはほとんど無関心なことが彼女にも分かってきた。それまで裕子は神経質なほどクーに出掛けるのはあたりが暗くなってからそしてなるべく地味な服を着なさいと言っていたのが、隣近所の無関心が分かると徐々に何も言わないようになった。

家に閉じ籠ってばかりいたクーが夜の街に初めて出掛けたのは春の気配がする秋田の大舘

で暮らし始めて半年が経った九歳の時だ。それまで夜は勿論のこと昼間さえめったに外に出たことのなかったクーにとって、魔物の気配がする闇夜の空気はただ息苦しくなるものでしかなかった。彼女は胸を押さえると突然襲ってきた吐き気にその場に蹲(うずくま)ったが確かにいきなりの外出は彼女にとって刺激が強すぎたようだ。マンションを出てからほんの数分、僅か五百メートル地点で彼女は早々に踵を返す。肩で息をしながら靴を脱ぐとトイレに駆け込み夕食のピザを全部もどしてしまったが、彼女が口をいくら漱いでも喉元の胃液の残滓はなかなか流れ落ちない。

「これから先何が起ころうとも私はその時々の状況に少しずつ慣れていくしか方法はない」

自分しか頼るものがない彼女は、何事にも対処出来る強靭な能力を持たなくてはならないと、嘔吐し続けた涙目の無様な自分を鏡に映して考える。

裕子が夕方五時過ぎに駅前のクラブに出掛けると、それから母親が帰って来るまでの七、八時間は誰にも邪魔されないクーだけの時間だ。母親が近所の目をあまり気にしないようになってから、クーはそれまで以上に夜の外出を増やしていった。

九歳の彼女はその時自分の置かれている立ち位置を明確に理解していた。私は誰からも必要とされていない人間、誰にも関心を持たれない存在、誰からも愛されないそして誰からも憎しみさえ持たれない存在。いってみれば自分の存在は無そのものということだ。

――全く幸代なんて甘ったらしい名前をあの人はよく付けたもんだわ。最初から私が幸(さち)などとは無縁な人生を送るのは分かっていただろうに。そうよ、私に最も相応しい名前はクーよ。空虚のクー、空っぽのクー、全くなんて素晴らしい名前なの。今日から私は赤沢幸代改め赤沢クーよ――

しかしその日から数か月間、またしても彼女は外に出ることが出来なくなった。外界に繋がる扉を押す彼女の小さな手は躊躇してノブを強く握ったままで動けない。そのような繰り返しがどのくらいの期間続いただろうか。しかし固く目を閉じた彼女はある日自分を鼓舞すると驚くほどの大きな掛け声とともに思い切り闇に開かれたドアを押した。彼女の白いレースの襟元を一陣の冷風が通り抜け闇夜は彼女をさらって行った。

覚悟を決めたら後は続けるだけだ。その日から彼女は夜だけでなく昼日中でも積極的に外に出掛けるようにした。おかしなことに町中を夜一人で歩いていても、知らない人に小さいのに塾やお稽古事で大変ねと却って激励の声を掛けられたりもするが、それは誰も彼女が何の目的もなく繁華街をうろついているなどとは思ってもいないからだろう。しかし却って昼日中に歩いている時の方が以前ほどではないものの怪訝な顔をされることが多かった。

石川県金沢市に四回目の引っ越しをした十二歳のクーは本来であれば中学一年生だが彼女は相変わらず学校には行っていない。しかし彼女の知識欲は旺盛で石坂安治に貰った大辞林は何十回となく読み返し、辞書のところどころには赤線を入れたりまた付箋を貼ったりでそれの傷みはかなり激しい。大辞林の中で理解出来ない部分もところどころあるものの今ではほとんどは彼女の頭に入っている。

「ワァ、これ！」それは偶然入った本屋でいわゆる《教科書》といわれるものが棚に並んでいるのを見つけたクーの感嘆の第一声だ。

六年前石坂邸で恵子の赤いランドセルの上に載った真新しい教科書を見た時の興奮をクーは思い出している。あの時は人差し指でそれを一瞬触ったものの、それは恵子の教科書で彼女は自分のための教科書は今まで一度も手にしたことがない。彼女はあたりを見回しそして背伸びをすると棚から教科書を一冊引き抜いてみた。なぜかとんでもない悪いことをしているような気持になった彼女の動悸は急な坂道を一気に駆け上ったようになっている。教科書の表紙には《社会》とあり、右下にそれが小学校四年生用であると書いてある。彼女はそれを広げて一ページから順番に目を通していったがそこに書かれていることは既に彼女が知っていることばかりだ。彼女は不満そうにそれを棚に戻すと今度は三冊まとめて棚から引き抜いたがそれらは六年生用の《国語》と《算数》そして《理科》だった。しかし国語と理科は図書館での読書が功を奏して苦労もせず理解できたが算数だけは全く手に負えない。しかし何としても自力でこれらの教科書を理解しようと決心すると六年の全教科と中学一年の教科書も交えて計八冊を抱えた彼女はレジに向かった。小さな子どもが教科書八冊をレジに渡したことを若い女定員は訝るでもなく、偉いのねと優しい声を掛ける。

それから二か月後に今度は中学二年と三年の教科書を買った彼女は、それらを丁寧に読み込み数学以外はすべてを理解出来た。彼女の学力は学校に行っていないにも拘わらず今やその同年代の子どもたちよりかなり勝っているようだ。石坂夫妻にはいろいろ教えてもらったが、彼らと別れた後は独学だったものの彼女は学ぶことが楽しくて仕方がない。しかし彼女が正規な手続きを踏んで小学校、中学校と行っていたなら、たぶん受け身の勉学しか出来ずに学ぶ楽しさなど知らずにいただろう。だが鬼門の数学だけは未だに理解にはほど遠い状態にあるのはある意味仕方ないことかも知れない。

集合住宅の今の住まいは、引っ越してきた二年前と変わらず近所づきあいというものがほとんどない。そのため彼女が毎日家にいたとしても近所の人には分からないし廊下で誰かとすれ違っても《こんにちは》の挨拶だけで事足りる。それに今は昔と違って登校拒否の児童が珍しくなくなってきており、昼間に子供が一人で町中を歩いていてもそれほど不思議に思われなくなってきている。しかしどこの土地へ引っ越しても最初に彼女がやることだけは変わらない。引っ越した翌日にはまず最寄りの図書館を探しだし、彼女はそこを学校代わりとして毎週の土、日曜日の朝から夕方までを過ごすことにしている。

無戸籍という自分の生い立ちを母の裕子から初めて聞かされた時のことを彼女は今でも鮮明に覚えている。それは彼女の十三歳の誕生日の翌日だ。朝から雨が降る八月とは思えない肌寒いその日、母はドレッサーに向かって念入りに勤めに出る支度をしていた。クーはその背中に向かって歌うようにこう切り出したのだ。

「ねえ、今から百年ほど昔は十二、三歳の子どもだって働くことは珍しくなかったのでしょう？　私も昨日十三になったのだからどっかで働こうかな。学校に行かせてくれないのだからせめて働くのくらいは許してくれてもいいんじゃない？」

裕子はドレッサーに向かって化粧していたが、その手を止めると鏡の中で自分を睨み付けているクーを見つめたまま暫く考えていたものの彼女は切り口上でこう言い放つ。

「あなたにいつか言おうと思っていたのだけれどね、あなたには戸籍がないの」

何よ、それ！　そうだろうとは思っていたが、そんな大事なことを随分簡単に言ってくれるじゃないのよとクーは思う。理不尽で不可解なことを母親に押し付けられてきた昨日までの十二年間を思い起こしクーはいまさらながらすべてのことが腑に落ちる。

「やはり私が想像していた通りだったんだ！」

滅多に感情を表さないクーの甲高い声が部屋中に響いた。

「あなたが生まれたのはね、ママが嫁ぎ先を出てから九か月あとのことよ」

クーは母親が何を言っているのか理解できないまま体を震わせる。メイクを施した母は肩にかかったウェーブの髪をかき上げ艶然とほほ笑むとクーの方に体を反転させた。

「ママがね、結婚していたその男の暴力に耐えられなくなって家を出たのは二十九歳の時だった。そいつの暴力がいつから始まったのか…、結婚して六、七年目だったかしら、ある日の夕飯があいつの気に入らないものだったというほんの些細なことで突然あいつはテーブルをひっくり返したのよ。そしてどうしていつまでたっても俺の好みが分からないのかと怒鳴るとママに往復ビンタをしたの。度胸ときっぷの良さはあったけれどどちらかと言うと穏やかなむしろおとなしい性格で怒鳴ったことなんか一度もなかった。結婚前は賭け事も女遊びもしていたみたいだけれど結婚してからはそういう問題が起こったことは全くなかったの。いったいあの時あいつの中で何が起こったのかは今でも分からないわ。そして一度暴力を振るったら人間って面白いものね、それからはもうどうにも歯止めが利かなくなった。それまでのおとなしく優しかったあいつはいったい何だったのだろうと、ママは人間の中に棲む魔物に本当に恐ろしくなったわ。いつか元の優しいあの人に戻ると思ってママは耐えていたのだけれど、それが逆にあいつの残忍さを増幅させたみたいでママは体中の骨どころか歯だって折られたの。体中の痣は毎日のように出来て消えることはなかったし、そういうことが一年も続くと元の優しい人に戻るなどと思うのは甘い考えだと思い始めたの。いつかは私の命と引き換えにしなければならなくなるだろうと思ったら怖くなりこれ以上あの男に関わり合っちゃいけないと思ったのよ。ある日あいつが遊びに出かけた時、ママは何も持たずに家を出たの。あいつはママが絶対家を出るはずはないという妙な自信を…、それはあいつが腕の良い職人でかなりの高給取りだったためママはそれまでお金に不自由したことのない生活が出来ていたからなの。そんな生活をずっとしていたらお金の苦労をする生活など出来るはずがないというのがあいつの自信になっていたんでしょうね。だからママが家を出ても一週間くらいはどこかに遊びにでも行っていると思っていたみたいでママが出て行ったことにも全く気が付かなかったみたい。そしてそれから九か月が経った時に早産だったけれどあなたが生まれたってわけ」

クーは依然として母が何を話したいのか理解できない。

「でもあなたの父親はあの男じゃないの。だからあなたの出生届をママは出さなかったの。いいえ出せなかったの」

裕子はだから仕方なかったのよともう一度呟く。

「だからあなたには戸籍がないの。だからあなたは学校にはいけないのよ」

「学校には行けない？　よくもそんな大事なことをぬけぬけと言えるわね」

「家を出て一か月目にママはある人と知り合ったの。とても優しい人で…あなたはその人の子なのよ」

「へえ、それは結構なことね」

クーは初めて薄ら笑いを浮かべた。

「少なくともママはその人を大切に思っていたわ。でもあなたが生まれる前にその人はママの傍からいなくなってしまったのよ」

「まあ、良くあることよ」

今さら父親の話をされてもクーには何の感慨も湧かない。

「その時ママはあいつとの離婚は成立していなかったので籍はそのまま…でももしその時の籍で出生届を出したとしたらあなたは暴行男のあいつの子どもになってしまっていたのよ」

「私のことより自分のことが可愛かったのによく言うわ」

「そうよ、仕方ないじゃないの。あなたの出生届を出したらママの居場所は分かってしまう。そうなると当然あいつはママの所にやって来るわ。そうしたらママはあいつのところに連れ戻されまたあの暴力の日々になるの。ママはそれが恐ろしかった。だから二度とあいつのところに戻りたくはなかったのよ」

「あーぁ、あんたは自分のことばっかりだ」

クーは蓮っ葉な笑い声を立てる。

「じゃああなたは血も繋がってもいない、変質的ともいえる暴力男が父親になっても良かったっていうの？」

「小学校にも中学校にも行かれない戸籍がない今を考えれば、私は泥棒の戸籍に入るのだって人殺しの男の戸籍に入ることだって御の字だわ。変質的な暴力男なんか可愛いものよ」

「……」

「でもその暴力男の結婚相手が離婚してくれなかったと言ったって、今も籍が入ったままという訳ではないんでしょ？　籍を抜いたことが分かったのはいったいいつだったのよ」

「家を出てから三年目だったか四年目だったか」

「えっ？　そんなに早く知っていたのにどうして何もしなかったのよ」

「たとえ離婚をしていてもママが戸籍をいじれば、あいつは私の居所が分かったとばかり必ずやって来るのは間違いないのよ」

「私を大切だという気持ちがあんたにあったのなら、それ相応の自治体に駆け込むなりしてこの状況を何とか出来ていたんじゃなかったの？」

「何度もそうしようとは思ったわ」

始めて聞く裕子の身勝手な話にクーの心臓は怒りのためひとりでに踊り出していた。

「なるほど、そういうことだったんだ。私が小学校にも中学校にも行かれなかったのも、転々と引っ越しばかりをしてきたのも、私の無戸籍が近所の人に分かってしまうのが怖かったからなのね。どれだけ私が学校に行きたかったか、どれだけ私が友だちを欲しかったかあんたには分かるはずはないわよね」

「許してちょうだい、幸代、ごめんね」

涙で歪んだ母親の顔を睨み付けながら彼女は大声で言い放つ。

「どうして私なんか生んだのよ。幸せにも出来ないくせに幸代だなんて名前をつけて笑わせるんじゃないわよ！」

裕子はクーに向き合うと深々と頭を下げた。裕子はまだ何か言いたそうに口を開閉していたが意を決したように立ち上がる。そしてクーに目をやると、じゃあ、行ってくるわねと小さく呟き雨の中を勤めに出かけて行った。

自分の「無戸籍」を知った彼女は自分の存在を呪った。母親が名付けた赤沢幸代という空々しい名前を彼女は呪った。

――九歳の時に私が自分につけた名前、赤沢クーはやはり正しかったんだわ。空虚のクー、空っぽのクー、所詮どうあがいても私はクーにしかなれない！――

第三章　日映り

五回目の引っ越しはそれから一年後のことで、杜の都といわれる仙台市から西へ七、八キロ離れた場所でそこは洒落た新興住宅街になっている。その街でもひときわ高い二十二階建ての高層マンションで暮らし始めて一年が経ちクーは十五歳になっていた。四十五歳になった裕子は一年前に宮城県に引っ越してきたのを契機にクラブでの勤めはやめて、給料はかなり少なくなるものの近くの個人経営のスーパーで働き始めている。

その新しい土地でもクーは何はともあれまず図書館を見つけることから行動を開始した。そして快適な環境を確保した彼女は毎週末必ずそこに出かけ日が暮れるまでをそこで過ごした。図書館で何人かの顔見知りが出来当たり障りのない会話を交わすようになっていたが、相手と親しくなり込み入った話をするようになってくるとクーは自然と相手との距離を置かざるを得なくなる。学校の話題に話がいかないように必要最低限のことしか話さなかったが、それでも彼女にとっては同年代の子たちと話が出来るだけでも大きな喜びがあった。

しかし親しさが増して来るとそれはそれで煩わしくなってくる。今のところ半径二キロ程度の範囲で行動している彼女は買い物をしたりする店はおのずと限られ、何回か顔を出す店とはいささかの関わりを持つことになるのだが彼女にはそれがとてつもなく煩わしく思える。親しくなるにつれ相手はお愛想のつもりなのだろうがいろいろと聞いてくる。年はいくつ？　今は何年生？　学校はどこ？　等々、その煩わしさを思うとどうしても外出する気持ちが失せてくる。それから逃れるためには行動範囲をもっと拡大し近所の人とはなるべく顔を合わせないようにしようと彼女は考える。隣の町で新たな図書館を見つけ週末はそこに通うようにすれば少なくとも自宅付近の人との接触は避けられるだろうし、もし仮に隣町の図書館で友だちが出来たとしてもその場だけの交際で、通っている中学校のことなどはそれほど話題にはならないはずだ。万が一学校のことが話題になったとしても担任やクラスメートのことなどは絶対に話題になるはずもない。

隣町までの行動範囲を広げる手段はと考えた時、彼女は自転車を利用することを思いつく。確かに自転車だとこれまでの五倍は行動範囲が拡がるに違いなかった。なぜこんな簡単なことに今まで気が付かなかったのだろうと彼女は今更ながら歯噛みする。

クーが石坂家に預けられていた時期、石坂安治の孫の恵子がそれまで乗っていた自転車を彼女は貸してもらって乗り回していたことがあった。それは恵子が三歳の頃に乗っていたという補助輪のついたものだったが自転車に初めて乗るクーにとってはそれでもかなり難しく思えた。最初はこわごわ乗っていたのだが、何度も滑ったり転んだりそして膝小僧にはいくつもの打撲傷を負いながらも彼女は徐々に腕を上げていき、最終的には補助輪を外してもらうまでに上達した。彼女が自転車に乗るとしたら、実にそれ以来のことで既に十年以上が経っている。幼少期の一時期それも子供用のものに乗っただけで不安がないといえば嘘になるが、自転車を自在に操ることで彼女の世界は確実に広がり委縮していた自分自身を開放できるのだと思えば、それをマスターすることなどそれほど難しいことではないだろう。

「ねえ、私、自転車が欲しいの」

裕子が勤めに出掛けるためにドレッサーに向かって化粧を始めていると、彼女の後ろに立ったクーが鏡台の中の裕子に話しかける。ほとんど自分の欲求を口にしたことのないクーが母親に対して珍しく甘えた声を出した。

「駅前のスーパーに自転車屋さんがあるでしょ？　いつかあそこに真っ赤な可愛い自転車があるのを見つけたんだけど、私あれが欲しいの」

裕子が反対するに違いないと思っていたが案の定だ。

「車の多いこのあたりで自転車に乗るのは危険よ。交通事故にでも遭ったらどうするの？」

「運転免許が取れる十八歳になったって無戸籍の私は自動車の免許もオートバイの免許も取れないのよ。唯一私が乗れることの出来る乗り物といったら免許のいらない自転車だけだというのは分かっているわよね」

クーは近頃母親の嫌がることを会話の中にわざと織り交ぜてみるが、甘えたクーの口調が一変強圧的な声になるのも計算の上だ。裕子は一瞬体をびくっとさせそのまま黙り込んだが鏡越しにクーを見つめると言い訳のように呟く。

「だって今までサッちゃんは自転車になんか乗ったことはあるの？　一度も乗ったことがないのだからママが危ないと思うのは当たり前でしょ？」

「石坂のおじちゃんのところで練習して、その時両手を離しても乗れるようになったのよ」

裕子には初めて聞く話だ。

「本当？　今までそんな話はしたことなかったじゃないの。そう、それならちょっと練習すれば大丈夫かもしれないわね」

確かにこの子がこれから先運転することができる乗り物といったら免許がなくても乗ることのできる自転車しかないと裕子は思う。それならば少々危険はあるかも知れないがここは私が折れるより仕方がないだろうと彼女は考える。

「じゃあ、明日その赤い自転車を一緒に買いにいきましょう」

裕子は後ろに立っているクーを振り向くとニッと笑いかけた。

「ほんと？　嬉しい、ママ、ありがとう」

クーは態度を一変させると裕子の首に両手を回し強く抱き締める。抱き締められた母親は今悍ましさで娘のその手を払いのけたいのにじっと堪えているに違いない、そう考えながらクーの心もまた暗澹としてくる。いずれ我々二人は憎悪を抱きながらそれぞれの道を歩まなければならなくなるだろうとクーは考える。

新品の真っ赤な自転車はクーの今までの生活に彩りを添えた。ここのところ彼女の一日の大部分は自転車運転の練習に費やされているが彼女には時間が無制限にあるので慌てることはない。四歳のあの時の様に何度も地面に転げ落ち体中は痣だらけになったものの彼女は二、三日もすると何とかバランスが取れるようになり、一週間が過ぎた頃にはちょっと危なっかしいものの両手を放しても乗ることが出来るまでに上達した。暫くは近所を走るだけで我慢をしていたのだが次第に距離を伸ばし、十日を過ぎたあたりには隣町まで出掛けることが出来るようになり、町中を探索したクーは早速待望の図書館を見つけた。自転車に乗るようになってからクーの世界は一変し想像していた以上の開放感に彼女自身が驚いている。

クーが化粧を始めたのは宮城県に越して来る一年前の十四歳の時だ。彼女が化粧をするようになった理由は彼女のその童顔と関係がある。十四歳の童顔の彼女が昼日中に町中を歩くには、化粧をしていた方がいくらかは大人っぽくみられると思ったためだが確かに化粧をするようになってからはびくびくすることも無くなりリラックスした気持ちで町中を歩けるようになってきている。

春風の舞う花冷えのその朝、今日はひとつ見知らぬ街に遠出をしてみようと彼女は思い立った。山側に住んでいるクーは行ったことのない海沿いの町を見ようともう二時間も自転車を走らせている。見えてきたその海沿いの町は七年前の東日本大震災で甚大な被害を蒙った場所であるが、当時新潟市に住んでいた八歳の彼女はその時の大震災を自分の問題としてそれ程深刻に捉えてはいなかった。

百年に一度といわれたその地震はすべてが桁外れだった。地震の三十分後には通常であれば二波、三波で終わる津波がその時ばかりは四波、五波、六波と続き、海沿いの町のすべてを覆い尽くしたという。地震の十分後の第一波はほんの十数センチだったが二十分後の第二波の時には波が町をゆっくり浸食していきその遥か遠くには第三波がそのまた後ろには第四波が確認された。最終的に八メートルに膨れ上がった波は町をゆっくり舐めるように進んでいき、そして町のすべてを舐め尽した後に引き波に変わったそれが今度はすべてのものを飲み込んだまま悠然と去っていった。その荒ぶる津波の凶暴さは現地の人たちにとっても今まで経験したことがない衝撃的なものだったという。

あれから七年経った今は海岸線に沿って津波よけの高い防波堤が延々と続いており、従来だったら青々とした海が遠くまで見えたのだろうが今は砂浜が見えるだけで何とも風情がない。しかしこれも津波を防止するという実利的なものを優先すると仕方がないことなのだろう。震災前より十メートル嵩上げしたという町並みはきれいに整地されそこには新築の家々が立ち並び、ところどころには商店街も出来て威勢の良い掛け声が飛び交っている。

自転車に乗ったクーは風に吹かれながら美し過ぎるそのおもちゃのような町並みをゆっくり走っていくが、整備された道は気持ちよくどこまでも続いて既に何時間も自転車をこぎ続けているというのに全く疲れはない。彼女がなおもペダルをこぎ続けていると、それまで続いていた限りなく明るい町並みから古めかしい佇まいのこんもりと木々が生い茂る小高い丘の麓に来ていた。麓から丘に続く道はそれまでの整備された道とは違い舗装もされていない昔のままのデコボコ道のようだが、麓から見上げた坂道は頂上までだらだらと緩やかに続いているようなので彼女は自転車に乗ったまま立ち漕ぎでその坂道を上りはじめた。しかし案に相違していつまでも続く坂道は思いのほかきつく彼女は坂の半分ほどで自転車を下りてしまう。そして息を整えながらそれを引いてゆっくりと上り始めたものの長い坂は自転車を引いていると一歩ごとにその重さが増してくるようだ。

頂上に着いた彼女は乱れた呼吸をゆっくり整えながら今上ってきた坂を振り返りうららかな仙台の町を一望に見渡した。あの日の津波は海辺に近い町並みを舐めつくし、もしかしたらこの丘の途中あたりまでやって来たのかも知れない。丘の上にまばらに建っている家は先程通って来た新しい洒落た町並みとは違い歴史を感じさせる重厚な家屋ばかりで、その風景は昔どこかで見たことがあるようなそしていつか来たことがあるようななぜか懐かしくなるものだ。家の数はそれ程多くはないがほどほどの数の人家が建っていてそれぞれの家はかなりの面積の作付けをしているらしくあたり一帯には手入れのされた畑が続いている。

――古い家がこのように残っているこの丘の人たちは、七年前のあの津波の被害には遭っていないということに違いない――

首筋から背中にかけての汗ばんだ肌が花冷えの風に当たって心地良い。火照った頬に当たる春風を受け止めながら彼女がその丘のメイン通りらしい真っ直ぐに続く大通りをなおも自転車を走らせていると、前方に《ラムネあります》の幟（のぼり）が風にはためき彼女を誘っている。目を転じてその店と道路を挟んだ真向かいを見るとそこにはこんもりと木の生い茂った公園らしき場所が見える。幟のはためく店は雑貨店のようでどうやらそこではお米からパン、醤油そしてちょっとしたおかず等を売っているようだ。大通り沿いにポツンと一軒建つその雑貨店はその近辺の人たちにとっては生活に不可欠な店のようで、丘の上のほとんどの住人が日常的にその店を利用しているに違いない

ちょうどお昼時で空腹と喉の渇きを覚えていた彼女は自転車を降りるとその雑貨屋に入って行った。店の中には食料から日常品そしてシャベルやバケツまでが雑然と積み上げられて

いる。空腹の彼女はパンの置いてある棚に近づき暫く考えていたがあんパンとメロンパンを取り上げ店番の若おかみに声を掛ける。

「これとラムネを一本下さい」

ショーケースからラムネを取り出した若おかみは、ラムネのビー玉を慣れた手つきで押すと穏やかな笑顔を見せてクーにそれを渡した。

「向かいの桜がきれいに咲いているところは公園ですか？」

「ええ、あの公園はドングリ公園と言ってね、あの公園の桜もきれいだけどこの丘全体が毎年春になるとそれは見事な桜の丘になるのよ。七年前のあの時もかろうじて助かったこの丘の桜は、地震からひと月経った四月の終わりには何事もなかったかのようにそれは見事な花を咲かせたわ。誰もが本当はお花見どころではないはずだったのに、あれ程の悲しみ中にいたからこそ大勢の人がこの桜を見にこの丘に集まって来たの。その翌年からはこの丘に来たこともなかった人たちまでもが桜のこの時期だけはやって来て、それは賑やかなお花見場所になるのよ。先週までは見事に咲いていたのにね、昨日の風でほとんど散っちゃったわ」

「公園の中の桜にはまだいくらか残っているのがありますね」

「名残はあるけれどあんなものじゃないのよ。桜は残念だったけれど、でも公園から一望に見渡せる仙台の町を見るだけでもこの丘に上ってきた価値はあるわよ」

おかみさんはその公園の見事な桜をクーに見せられなかったのが余程残念だったのか来年はもうちょっと早い時期に必ずいらっしゃいと何度も言う。

パンの入ったビニール袋を前かごに入れるとクーはラムネを左手に持ったまま自転車を引くとその小さな公園に入って行った。さほど広くない公園の周りには桜の木が等間隔に植えられていたが風で散った花びらがそこかしこにひっそりと固まっている。桜の木は既に葉桜になったものもあり日映りのその新緑はキラキラと眩くそれは営々と引き継がれてきた生命の営みを見ているようだ。かろうじて枝に残っていた花びらたちが風に揺れながらゆっくりと舞い降りているが一番手前のベンチの前に自転車を止めたクーはその場に立ったまま春の香りを深く吸い込んでみた。その小さな公園は綺麗に整備され、ベンチもブランコもつい最近ペンキを塗り替えたばかりのように見える。彼女はラムネだけを持って公園の奥に移動すると、雑貨屋の若おかみが言っていた仙台の町が一望できるという場所に立ってみた。今は穏やかなこの丘で七年前のあの大震災の日、どれだけの人が津波に飲み込まれていく町を張り裂けそうな思いで見つめていたのだろうか。眼下の風景を見るクーの耳にはあの日の多くの人々の叫び声が聞こえてくるような気がしてくる。

桜が満開だった数日前は多くの人たちがこの公園の桜の下で春を満喫したのだろうが、花冷えのその日公園には数えるほどしか人はいない。散る桜を愛好する人なのだろうか、一人の女性が目を閉じその仰向けた顔に花びらを受け止めている。公園の周りには四人がけのベンチがところどころに置かれ乗り手のいないブランコが二台春風に揺れていたが、そのブランコの横のベンチに年配の女性が一人ぽつんと所在なげに座っている。クーは手に持ったラムネを立ったまま半分ほど飲み干すと自転車の傍に戻りベンチに座った。そしてビニール袋から先程買ったアンパンを取りだすと一口ちぎって口に抛りこんだ。口を動かしながら彼女は暫くブランコの横に所在なげに座っている年配の女性を観察していたが何を思ったのかベンチから立ち上ったクーは自転車を引きながらその女性の所に歩き出した。

「ここに座ってもいいですか？」

ブラウンの髪を首筋で揃えたその女性はクーの声に驚いたように顔を上げたがすぐに笑顔を見せ軽く頷いた。クーは自分がなぜその女性の所に行こうと思ったのか自分でも分からなかったが、遥か遠くまで来たことで気持ちが解放されていたせいだったのかも知れない。

「どうぞ、お掛けになって」

その人は色白の頬に柔らかい笑顔を浮かべると脇に置いた荷物を膝の上に載せる。もしも私におばあちゃんがいるのならこの位の年齢なのだろうか、クーは今まで会ったことも思ったこともなかった祖母のことをふと考えてみる。クーはその人と並んでベンチに座ると食べかけのアンパンを半分にそしてメロンパンも半分にするとそれをティシュに載せて夫人に差し出した。

「あら、私はお腹空いていないからいいのよ」

クーはなぜか今会ったばかりのその人と同じものを食べて同じ時を共有したかった。なぜそのような気持ちになったのか自分でも説明できなかったが彼女はいま無性に人恋しかった。考えてみれば今まで彼女と未知の人との会話はいつも受け身で彼女から知らない人に話し掛けることなどほとんどなかったから、彼女はその時の自分の思いがけぬ行動に彼女自身が驚いていた。

「一緒に食べたいんです」

クーがなおもパンを差し出すと戸惑った様子をしながらもその夫人は手を伸ばしそして半分のアンパンをさらに半分にすると手に取った。

「ありがとう、じゃあこれだけ頂くわね」

クーは満足そうに頷きながら老婦人がアンパンを口に入れるのを見ていた。そしてそれを見届けた彼女は老婦人から返されたメロンパンをちぎると自分の口に抛りこんだ。

「昨日の風で全部桜が散ってしまったので、今年も西行（さいぎょう）さんがおっしゃったような死に方はできなかったわ」

クーは意味が分からずに口を動かしたままその夫人を見つめる。

「《願はくば花の下にて春死なむその如月の望月のころ》っていう西行法師の歌があるのよ。西行さんというお坊さんは常々自分が死ぬのは桜の咲く春に、それも桜の樹の下で死にたいなって思っていたら本当そのようになったのですって」

「もしかしたら桜の咲く春に死にたいと思っているんですか」

自分のように無戸籍で存在のない人間が死にたいと思うのなら納得がいくが、不幸とはどこをとっても全く思えない、未だに匂い立つ女の色香を感じさせるようなその夫人の口からそのような言葉が出るのは意外だった。

「あなたはまだ若いからそんなことは考えたことはないでしょうけれど、心の中にそういう思いを抱えていながらも人間はなかなか死ねないものなのよ」

「分かります。私も今まで何度も死のうとしたことがあったし、でもなかなか人間って死ねないものなんだということも分かります」

化粧はしているがまだあどけない顔のクーを夫人はまじまじと見つめる。

「そう、あなたはまだ幼いといっても良いくらいの年齢なのに、何だか背負いきれないほどの荷物を抱えているようね」

夫人のその的確な言葉にクーの頬を予期せぬ涙が突然こぼれ落ちた。彼女の背負う荷物の中身などその夫人は全く知る由もないのだが、夫人の発するその言葉にクーは強く抱きしめられた気がして、辛かったそれまでの現実が氷解していくような気がしている。夫人はその少女がなぜ突然泣き出したのかは分からなかったが、あどけないこの少女が間違いなく過酷な現実の渦の中にいることだけは理解できた。夫人は泣き続けるクーの声が徐々に小さくなっていくのを辛抱強く待っていてくれる。

「泣きたい時は思いっきり泣いた方がいいのよ。それで問題が解決する訳ではないけれど解決への糸口が僅かでも見えてくるはずよ。私もそういう局面ではいつもそうしてきたわ」

夫人は微笑むと左手の親指でクーの涙を掬(すく)い取った。そのようなことをされたのは初めてのクーは一瞬驚いたものの頬に振れる夫人の温かい指に心がのびやかに解き放たれていくのを感じていた。

「あなた、名前は何て言うの？」

夫人はクーの艶やかな頬を優しく撫で続けながら尋ねたが、その時クーの体が一瞬硬直したのを夫人は見逃さなかった。

「クーです。赤沢クー」

夫人は一瞬クーとはどのような字を書くのかと訝し気に首を傾げたが詮索はしない。

「そう、クーちゃんね。まあいいでしょう。私の名前は戸沢素都久(とざわそとく)。素朴の素に都会の都、永久の久で素都久よ。素都ちゃんと呼んでね」

「素都久、素都ちゃん…か。いいなあ、ちゃんとした名前があって」

その少女が言うところのクーという名前はちゃんとした名前ではないということなのだろうか。この少女は本名を言っていない、いや言いたくても言えないのだとしたら、それも彼女の背負う荷物の一つなのかもしれない。

「素都ちゃんは良くここに来るんですか？」

「そうね、考えごとがある時は良く来るけれど、ただぼんやりしたい時にも来ているわ」

「どうして家で考えないでわざわざここに来て考えるの？」

「私は息子と二人の生活なのだけど息子には私が塞ぎ込んでいる姿は見せてはいけないの」

「どうして？　誰だって泣いたり怒ったりいろいろな感情があるのだし、家族ならばそういうことを丸ごと見せるのはごく自然のことでしょ？」

素都久は頷いたものの淋しそうに笑った。

「まあ、そういう私も実は泣く姿は家族どころか誰にも見せたことはないけれど」

と言ってはみたものの、クーはほんの少し前に素都久の前で無防備に泣いてしまったことを思い出し照れた笑顔を見せる。

「いやだ、素都ちゃんの前でさっき泣いたんだったわ。でも人前で泣いたことなんか初めて」

素都久は何も言わずにほほ笑むと頷いた。

次にクーがその丘の上の小さな公園に行ったのは素都久に初めて会ってから一週間後のことだ。素都久に会ってからの一週間、クーの心の中には今まで味わったことのない何ともいえない温かいものが流れていた。あの華やかな雰囲気を纏（まと）った老夫人は考えごとがあるとあの公園にやって来ると言っていた。

――あの人は今度いつあの公園に行くのだろうか？――

クーは二度目にその公園に行った時、その人に運よくまた会えるとは思ってはいない。クーは一週間前に素都久に会った時のあの甘美な気持ちをもう一度味わいたいと思っていたのだが所詮それは無理なことだ。だが四、五回その公園に通ううちの一回くらいはそのチャンスが巡ってくるに違いないとかすかな期待を持つことにした。

彼女はその日も公園の前の雑貨屋に寄り牛乳とサンドイッチを買った。公園に入ると彼女は素都久が来ているかもしれないと公園中を素早く見渡したが当然のことに素都久がいるはずはない。クーは素都久がいないのを納得しながらも内心は落胆していた。

春風の吹く暖かいその日、何組もの親子連れがそこで遊んでいる。子どもたちは初夏とも思えるその日の気温のせいか上着を脱ぎ捨て半袖姿で走り回っている。クーは自転車を引き一週間前に素都久と並んで座ったベンチに近づくとそこに自転車を止め前かごからサンドイッチと牛乳の入ったビニール袋を取り出した。あの日のようにベンチには素都久が座っていると想像しながら彼女はその隣に腰を下ろすとビニール袋を膝の上に置いたままボールを蹴って元気に走り回る五、六人の子供たちを目で追う。手に持っていたボールを奪われたリーダー格らしい野球帽の子供は、ボールを奪った相手を追い駆け押し倒すとボールを取り返すついでに思い切り相手の腰のあたりを蹴りあげた。蹴られた子供は前かがみになると痛みに耐えるように体を捩っている。子どもたちの母親は話に夢中でたぶん今の一連の出来事は見ていないだろう。腰を蹴りあげた野球帽は母親たちの方をちらっと見て彼女たちが見ていないことを確認すると今度は前かがみになっている少年の足を踏みつけた。クーはその子どもの傍若無人な振る舞いを羨むと同時に、内に籠らざるを得なかった自分の子ども時代を重ね合わせなぜか急に寂しい気持ちが込み上げてきた。その時自分たちを見ているクーの視線に気付いた野球帽は、やおら倒れた子どもを起こすと洋服についた土を払い何ごともなかったかのようにボールを持って走り出した。

——あの子どもたちの年頃の時、私は笑ったことがあっただろうか——

少なくとも彼女はあの野球帽の子どものように残酷さも交じった傍若無人さで遊んだことはなかった。幼少期の彼女はいつも他人の顔色ばかりを窺っている子どもだったのは間違いないが、そもそも彼女にはあの野球帽の子供のように友だちというものがいなかった。保育園にも幼稚園にも行っていないそして隣近所との付き合いもない家庭に育ったクーにはベビーシッターと母親だけが話し相手なので、ベビーシッターはともかく母親の機嫌だけは損ねる訳にはいかなかったのだ。母親はいつも不機嫌で、クーは三、四歳の時から既に母親の感情に忖度しなければならない家庭環境におかれていたのが実情だった。

外で人に話しかけられたりするとクーは母親に対する時のように自分の本音は押し隠し相手が喜びそうな返事をするようにしていた。この人はこういう答えを望んでいるだろうがあちらの人には分からないふりをした方がよさそうだと相手によってさり気なく会話を使い分ける狡猾さを身につけたいやらしい子どもだった。それでも二度と会わない人たちにはそれで良かった。しかし会津の石坂安治と登志江夫妻の家に日中預けられていた時、彼女のそれまでの小賢しいやり方が全く通用しない事態が起こった。あれは石坂家に預けられるようになってすぐの真夏だったかそれとももう少し経った秋口のことだったか、石坂安治にこっぴどく叱られたことがあった。

その日石坂夫妻に連れられて夫妻の孫の恵子、信二とクーの五人で一緒に出掛けたのはお祭りだったか映画鑑賞だったか記憶は曖昧だ。その日は前日に降った大雨のせいか季節外れの蒸し暑い日だった。丁度昼時になりデパートの食堂のような所に皆で入ったのだが、食堂に入る前の道すがら登志江に話し掛ける石坂安治の声が耳に入ってきた。

「こんな日には冷たい《もり》をつるつるっと食べたいなあ」

「そうですね。私もそうしようかしら」

二人のそばに関する蘊蓄（うんちく）は途切れることなく食堂に入るまで続けられた。丁度昼時のため か食堂は混雑していたが何とか座ることが出来、安治は席に着くと子どもたちを見回した。

「歩き回って疲れただろう。さっ、今日は何でも好きなものを注文してもいいぞ」

三人の子どもたちは嬉しさのあまり体を無意味にくねくねと動かし、どうしたものかと考 え始めたが最初に口を開いたのは弟の信二だった。

「ボクはハンバークと…」

「ハンバークと？　他に何だ？」

「チョコレートパフェもいい？」

「ん、いいぞ」

二人の会話を聞いていた登志江は噴き出しながら頷いた。

「私はね、エビフライとプリンアラモード！」

デザートも頼めるのだと納得した恵子が大声を出すと安治と登志江は満足そうに顔を見合 わせる。そしてメニューから顔を上げたクーに登志江は笑顔を貼り付けたまま尋ねた。

「サッちゃんは決まった？」

「うん、もりにする」

「もり？」

安治と登志江は同時に素っ頓狂な声を出した。するとぐっと顎を引いた安治はクーが初めて見る怖い顔になった。

「サッちゃん、君に蕎麦の美味しさが分かるのか！　子どもは子どもらしく素直に自分の気持ちを言わなくてはだめだ」

安治は食堂に来る道すがら登志江と《もりが食べたいな》と話していた時、クーが傍にいてそれを聞いていたのを知っている。こんなに小さいのに自分の欲求を押し殺し大人に気に入られようとするクーが安治には哀れに思えてくる。関わり合ったそれまでの大人はクーの気の利いたそんなセリフを何とも思わずに受け入れたが安治は違った。安治に自分の心を見透かされたクーは消え入りたいほど恥ずかしかった。クーは恥ずかしさで泣き出したいほどだったがへの字になった唇で一番食べたいオムライスとフルーツパフェを注文した。安治の眉間にはまだ深いたて皺が残っていたものの、下を向いたままの彼は小さく頷いた。

実際のところクーはそばや冷麦やうどんのような麺類が好きではなかった。なぜかというと働いていることを言い訳にしているが母親は元来料理を作ることが得意ではなく、そのため彼女が物心ついてからの日々の食事はスーパーでの出来合いのものや弁当を買ってくるのがほとんどで毎日はそれの繰り返しだ。良く食べさせられたのは簡便な麺類で、既に茹でてあるそばや冷麦に出来合いのおかずの取り合わせだ。しかし酷い時には副菜もなくただうどんか冷麦だけを啜るということもあり、育ちざかりのクーはいつもお腹を空かしているはずであるのに食事を残すことが多く、いつの間にか彼女にとっての食事の定義はとりあえず空腹を紛らわすものでしかない。そのため彼女の体は病的な細さになっていったが、近所付き合いもない周りの人たちが他人の娘の栄養状態などを把握出来るはずもないのは当然のことだ。その体験からクーは未だにそばやうどんや冷や麦の類の食べ物は嫌いなはずなのに、石坂夫妻の前で不覚にも彼女は食べたいものはモリなどと言ってしまったのだ。

安治はどのような時にも一歩引いた子供らしくないクーの家庭環境を思ってみるがそれがいったい何なのかは分からない。一度じっくり母親と話してみれば少しは分かるかも知れないとも思うがそれは他所の家庭に対しての越権行為に当たるだろう。クーの体にアザでも出来て虐待を受けているような兆候でもあれば何とか出来るのだろうが、風呂に入れても古い傷跡さえも見つからない。しかしあのように幼い子どもが大人の気持ちを忖度する背景には、体の虐待以上の精神的な圧迫が掛かっているように安治には思えてならない。

デパートでの一件から安治はますますクーのすることに注意を払っていた。彼はせめてクーを同年齢の子と同じような傍若無人な無邪気さでもいい、とにかく自分の欲求を大声で叫ぶような子供にしなくてはならないと考えている。クーは時としてまるで感情がないようにも思えるが、四歳の子どもにしたらあまりにもそれは歪過ぎる。

　クーはデパートの一件以来、少なくとも石坂のおじちゃんとおばちゃんの二人には包み隠さず自分を曝け出しても良いのだということを、いや曝け出さなければいけないのだということを学んだ。その日のデパートでの出来事はあれから十年も時が経つというのにクーの中に強烈に残っている。

　――石坂のおじちゃんとおばちゃんの二人に出会っていなかったら、私は今頃いったいどうなっていただろうか。二人と別れて新潟に越してから後の想像もしていなかった最悪な日々、かろうじて持ち得ていた自尊心も見栄も何もかも捨て去って私は堕ちるところまで堕ちていたとしてもおかしくなかった。エッジに立ちつくしていた自分がこちら側の世界にいつも引き戻されるのはあの二人を思い出すことによってだった。考えてみればこの十年間はそれの繰り返しだった――

　相変わらず大人の方を盗み見ながら、野球帽は狡猾なやり方で遊び相手を虐めている。するとやおらクーはベンチから立ち上がり歩き出すと子どもたちの群れの中に入って行った。そしてその腕白な野球帽の子どもの肩を掴むと凄みの利いた低い声を出した。

「あんた、いい加減にしないとただじゃあおかないよ」

　彼女は言葉と同時にその男の子の二の腕を思い切り抓りあげる。するとその子は唸り声を上げながらその場に蹲ったが決して大声を出して親に訴えるようなことはしない。一緒にいた子どもたちは突然の出来事に呆然と立ち竦んだままだが、野球帽も自分がそれまでしていたことを十分承知していたのでこういうことをされるのも当然だと思っている節がある。クーは野球帽の二の腕から指を離すと、痛さを堪えて顔を上げた彼に顎をしゃくり被害者の子どもに謝るように促す。

「ごめんなさい」

「なに、それだけ？　君は運動神経も良いし伸び伸びと動き回っていて素晴らしいと思うよ。でもね、あんたがずっとやっていた狡すっからいことは決して許されることではないの。分かるわね。分かったらこれからは二度と弱い者虐めはしないわね？」

彼女は彼の襟首を掴み彼を立たせると抓りあげた両の二の腕に目をやった。そこは既に打ち身のように赤いシミになっているがたぶん明日には紫色に変色しているだろう。

「これくらいで済んだことを君は有難いと思いなさい。さっ、二人は仲直りの握手をして遊びを続けるのよ」

おずおずと手を差し出した野球帽に被害者の子どもも慌てて手を差し出す。

「君は二度としませんと言わなきゃだめでしょ」

「二度としません」

「よーし、分かった。もう行っていいわよ」

子どもたちは一団となってクーのそばから離れていき、何ごともなかったように遊びの続きを始めている。

彼らを見届けたクーは先ほどまでいたベンチに戻っていく。そして彼女は流れていく雲を見て、薫る風に身をゆだね、木々のそよぎに耳を澄ませて時を過ごした。しかしその日素都久はやはり現れなかった。

――そうよね。そんなに都合よく会える訳はないわよね――

彼女は自嘲気味にちょっと笑うとベンチから立ち上がる。大きな伸びをすると目の前に止めた自転車に跨ったままで彼女はまだ遊びを続けている子どもたちを遠くに見る。とその時ジャングルジムの一番上にいた例の野球帽の子どもが何を思ったのか両腕を左右に大きく振った。それを見た全員がクーの方に顔を向けそして手を振り始める。素都久に会えなくて落胆したクーの気持ちは手を振る子どもたちのお陰でいくらか慰められた。

子どもは子どもらしく大人の気持ちなんかを推し量ったりしないで良い意味のわがままな子どもでいなさいね、クーの独り言は少年たちに聞こえるはずはない。

クーが素徳久に二度目に会ったのは知り合ってから二か月目、六月初旬の丘の上の風景はすでに色とりどりの色彩に染まっていた。その日もクーはすっかりお馴染になった公園前の雑貨屋に立ち寄ったが店番をしていたのはいつもの若おかみではなかった。

「あら、君がなんでこんなところにいるの？」

店番をしていたのは先日公園で年下の遊び仲間を陰湿な方法で虐めていた野球帽だ。

「だってここは僕の家だもの」

「あー、そうだったの。店番？　偉いわね」

クーはコロッケパンと牛乳を彼に渡しながら尋ねた。

「今日、学校は？」

「お姉さんこそいつも公園にいるけど、どうして学校に行かないの？」

この子ども、ぬけぬけとよく聞いてくれるじゃないのと思いながらクーは平然と言う。

「お姉さんはね、成績が飛び抜けて優秀だから、飛び級でこんな若いのにもう高等学校も卒業しちゃったのよ」

「ウソだぁ」

野球帽は疑わしそうに斜交(はすか)いの目でクーを見つめる。

「なんでお姉さんが嘘をつく必要があるの？」

クーの自信たっぷりな口調に少年は口を尖らせたがその時何を思ったのか彼は奥の部屋へ走って行った。

「じゃあ、この問題解ける？」

彼がそう言いながら奥から持ってきたものは高校三年生用の国語と理科の問題集だがそれは二年前にクーが既に買い求め学習し終わった問題集だ。そこにはクーの不得手な数学の問題集がなぜか入っていなかったので俄然彼女の鼻息は荒くなる。

「さあ、どこからでもいいわよ」

彼女は問題集のところどころにある設問の箇所を任意に広げると次々と答えを出していく。少年はクーの答えを慌ただしく正解本と見比べ、難しい問題を難なく解いていくクーに尊敬の眼差しを向ける。

「本当なんだ。お姉さんて凄いんだね」

その時奥から若おかみが走り出てきてクーを見ると頭を下げた。

「ねえ、おかあさん、兄ちゃんが分からないって言っていた問題をこのお姉さん次々と解いちゃうんだよ。びっくりしちゃった」

「へえ、凄いわねえ」

若おかみは適当に聞き流しながらもコロッケパンと牛乳をビニール袋に入れその他に割れて商品にならなくなった煎餅二枚をおまけにつけてくれた。

公園に入ったクーはいつものようにまず公園内をグルリと見渡す。その時クーの心臓が大きくドキンとひとつ脈打った。それはクーがいつも座っているベンチに素都久が、ちょっと疲れた顔はしていたが待ち焦がれたあの素都久が座っていたからだ。彼女のその気持ちの昂ぶりはまるで恋する少女のようで、クーは自転車を公園の入口付近に止めると足音を忍ばせゆっくりと素徳久に近付いていく。

「素都ちゃん」

弾んだ彼女の声にゆっくりと顔を上げた素都久の少し下がった優しいその目が歓喜の色に変わった。

「まあ、クーちゃん！　久し振りねえ」

ベンチには十分に座れる余裕があるのに、彼女は体をずらすとクーを手招きした。クーは腰を下ろすのと同時に思わず強い口調になって彼女を問い詰める。

「ここのところあまり考えることが無かったのですか？」

素都久はクーの言っている意味が分からずに首を傾げた。

「だって考えごとがあるとここに来るって言っていたのに、随分来ていなかったから」

クーはやっと会えたという興奮と嬉しさで思わず声を詰まらせる。

「そんなことないわ。クーちゃんが来た日とたぶんすれ違いになっていたんだわね」

それでもクーは不満そうに口を尖らせている。

「でもこうやってまた会えたのだからいいじゃない？」

黙ったままのクーは納得したという印にビニール袋からコロッケパンを取り出し半分に千切るとティシュにのせ素徳久に渡した。

「ありがとう、頂くわね」

素都久は初めて会った時も千切ったあんパンをやはり貰ったことを思い出してちょっと可笑しくなった。

「二人で同じものを食べると美味しいわね。今日はコロッケパンだけど初めての時のアンパンも美味しかったわ」

素都久の言葉にクーは満足そうに笑顔を見せる。久し振りに会えてそれだけで満足した二人に言葉はいらない。二人は暫くの間に移り変わった季節をただ黙って楽しんでいたがクーにとってこのような沈黙を重苦しいとは思わずにむしろ居心地良く感じるのは初めてのことだ。今までの彼女だったらこのような静かな時間が相手との間に流れたとしたら何とも落ち着かなくなり席を外すことが当たり前だった。しかし信頼し合った者同士の沈黙の何と心地よいことか。素都久もこの沈黙をクーと同様に感じているのは、少し前の疲れたような顔が今は生き返ったようになっているのを見ても分かる。

素都久はここ何年間、家にいてもいつも息子の阿喜良（あきら）の目を気にして気持ちが休まらないことが多い。彼は母に対して細かく干渉するとか暴言を吐くとかそういうことは一切なかったのだが、一家六人のうち四人が亡くなってしまった大震災のあの日から彼の心はここにあらずの状態で、一緒に暮らしている素都久をまるで空気のようにしか思っていないようなのが彼女には悲しかった。辛さを抱えた彼が抜け殻のようになるのは彼女には分かり過ぎるほど分かるからこそ、辛いその気持ちを彼が自分にぶつけてくれればどれほど彼女も救われるだろうかと思っている。

「息子は阿喜良というのだけれど、阿喜良が今日はいつにも増して一段と辛い様子をしているので、それを見ている私も居たたまれなくなってここに来ていたの」

「息子さん、何かあったのですか?」

「ごめんなさいね。せっかく会ったというのにこんな内輪の話をして」

「さっき素都さんを見た時に顔色も悪いし元気も無いようだったので、今日は何かあったのだろうと思っていたから大丈夫です」

素徳久も自分の孫のような幼い少女になぜそのような難解な話をする気になったのか自分でも不思議だったが、しかし彼女はこの幼い少女はたぶん自分の今の悲しみ全部受け止めてくれるに違いないと思う。

——この子は何者なのだろう。こんなに幼いのにやけに老成した部分があるのはこの子がこの年でとんでもないことを体験し地獄を見てしまったせいなのかもしれない――

　素都久はクーに誘導されるように七年前のあの大震災で家族四人を亡くしてしまった経緯を話し始めた。クーの無言の優しさがたぶん素都久をそのような気持ちにさせたのかもしれなかったが、今までの辛かった七年間のあらましを彼女は淡々と話し続けクーはそれにひと言も口を挟まず黙って聞き続ける。

「私も息子と同じように、あの日から七年経った今日まで一日としていなくなった四人を思い出さない日はなかった」

　素都久は祈るように手を組み合わせると空を仰いだ。

「実は私にはあの子の他にあと二人子どもがいるのだけれど、七年前のあの時から連絡を取り合っていない状況になっているのね」

「阿喜良さんは一人っ子じゃなかったんですか」

「そう、あとの二人も気仙沼という同じ宮城県にいるというのに淋しいわ」

　素都久は感情を押し殺すように唇を噛むと、何年も会っていないという子どもと孫に思いを馳せたのか目を閉じた。しかし兄弟がこのように音信不通になってしまったのは、三人の子どもたちが悪い訳ではなく仕方のないことだったと彼女は言わずにいられない。

「二つ下の弟は数矢（かずや）、そのまた二つ下の妹は百合奈（ゆりな）というのだけれど、あの子たちは小さい頃からあの震災があるまでは近所の人も羨む本当に仲の良い兄弟妹だったのよ」

「音信不通になったのはやはりあの震災のせいですか？」

人の心さえ散り散りにする天災の残酷さにクーはただ歯噛みするしかない。

「親戚中で亡くなった人間が出たのは私たちの家族だけだった。確かにあの後暫くは阿喜良もなぜ自分の家だけがと恨みに思ったこともあったようだけど、そのうちにこれは誰のせいでもないことだと考え現実を受け入れたのよ。でもそう思ってもなかなかそう簡単に割り切れるものではないわよね。その証拠に七年が過ぎた今でもあの子は毎日思い出しては苦しんでいるのですもの」

素都久は感情が制御できなくなったのか両手で顔を覆う。

「阿喜良はあの事故は自分だけの問題だと思っていたのだけれど、弟妹たちはそうは思わず、自分たちとお兄ちゃんの間に目には見えない膜のようなものを作り上げてしまったようなの。話す言葉のひとつひとつに神経を尖らせ、慰めることも励ますことも出来ず、結局疲れ果ててしまった数矢と百合奈は暫く実家から距離を置こうということになったらしいのだけれど、いつの間にか七年が経ってしまった」

「弟さんと妹さんも阿喜良さんの気持ちを必要以上に慮らなかったら、阿喜良さんも傍にいてくれる弟さんと妹さんにどれほど気が紛れそして心が安らいだことでしょうにね」

私みたいに最初から一人ぼっちならともかく格別に仲の良かった兄弟妹同士なのに何をしているのかとクーは叫びたかった。

「そうなの、それまでは数矢や百合奈の家族も私の家に出たり入ったりしていていつも笑いが絶えない家族だったのに、あれから私と息子は二人だけになりあまり話をすることがなくなってしまったの。なぜなら口を開くとお互いの口から出ることといったら悲しいことと後悔ばかりで明るい話しなど何もないのですもの。だから私も息子とは最小限度の会話しかしないようになってしまったの」

クーは何も言えずにただ頷くだけだ。

「阿喜良もこの七年間、自分が悪い訳ではなくどうにも出来ない天災だったと分かっているはずなのに、あの子はずっと自分を責め続けずにはいられなかったのだと思うわ。それは私だって同じよ。なぜ将来ある、まだ人生の甘い果実を口にしていない若い人たちを連れて行って、こんな年老いた私を連れて行かなかったのかと神様を恨んだわ。生きていることが辛くて死のうとしたことも何度かあったわ」

遠くを見つめる素都久の目は真っ赤になっている。

「私が死のうとした最後は今から六年前、あの時生きることを選んだ私はあれ以来二度と死ぬことは考えなかったわ」

死のうとしたものの結局生きることを選んだ顛末を彼女はポツリポツリと話し始める。

震災から八カ月が過ぎ本格的な冬が始まろうとしている東北の小雪(しょうせつ)の日暮れは早い。気温は日暮れと共に急激に低下し行き交う人は誰もが一刻も早くと家路を急いでいる。戸沢家の三百メートルほど隣に住む山越史郎と晃代夫婦もその日は朝から車で街に出かけたのだが予定より時間が掛かり早く暖かい家に帰ろうと気持ちが急(せ)いていた。

「おい、あれは戸沢の素都さんじゃないか?」

丘の上からの下り坂をその人はうつむき加減によろよろと歩いて来る。顔に当たるヘッドライトを避けるようにその人は右手を上げたが、二人はその時ヘッドライトに浮かんだ素都久の何ともいえない悲し気な様子に驚く。

「この時間に何かに取り憑かれたようなあんな顔をして素都さんは何処へ行くというのだ。素都さんに何か用事があったら阿喜良が車で送って行くはずだのに、あいつはおふくろに暗くて寒いこの山道を歩かせていったい何を考えているんだ」

幼馴染の史郎と阿喜良は一時疎遠になっていたが、東京に就職した史郎が猥雑でいつになっても馴染むことの出来ない東京を引き払い十年前に仙台に戻って来た時偶然住まいが隣同士になったため彼ら二人の気の置けない付き合いが再開されたという訳だ。

「阿喜良さんに何か事情ができて素都さんが一人で出掛けなくてはならなくなったのかも知れないじゃない。ねえ、素都さんがどこまで行くのか分からないけれどとにかくその場所まで送って行ってあげましょうよ」

返事の代わりに史郎はブレーキを踏んだ。

「ん、この寒空に散歩でもないものな。しかし素都さん手ぶらだったみたいだしそれに薄いカーディガン一枚だったんじゃないか？」

「早く、早く追い駆けて！」

晃代の金切り声が車内に響く。

相変わらず前のめりに歩を運ぶ素都久に追いついた車はスピードを落とすと彼女と並行してゆっくり走る。

「素都さん、どこかへお出かけかね？」

思いがけない声に立ち止まった素都久のその目はうつろだ。当然コートを着る季節にも拘らず彼女はブラウスに薄いカーディガンを羽織っただけの格好で、肩を両手で抱え込んだ彼女は小刻みに震えている。

「素都さん、買い物があるんだったら送っていくけれど、でも今日は寒いから出掛けるのは明日にしたらどうですか？　さっ、家まで送るから乗って」

車から降りた史郎は慌ててその日買った荷物を後部座席から助手席に移し始める。その間に助手席を下りた晃代は素都久の傍に駆け寄ると震えている彼女を背後から抱きしめそのまま後部座席に誘導する。反対側のドアから乗車した晃代は着ていたコートを脱ぎ彼女の肩に掛けると両手で素都久の冷え切ったその小さな手を包み込んだ。

「素都さん、我が家の今日の夕食はちょっと豪勢にすき焼きにしたのですが久し振りに我が家で一緒に夕飯を食べませんか」

史郎は明るい口調でそう言うと体を捩り後部座席の素都久に目をやる。彼女は暖かい車内に入り興奮がいくらか治まったのか、安心したように目を閉じている。

史郎はガレージに車を入れると晃代に素都久と一緒に家に入るように言いそして後部座席から助手席に移した大量の買い物の品々を両手に抱えると二人の後を追う。晃代が素都久をリビングに座らせ部屋の暖房を入れお茶の準備を始めるとキッチンのテーブルに買ったものを広げていた史郎が素都久に声を掛けた。

「素都さん、お宅の夕食はいつも何時ごろですか？」

「そう、だいたい六時から六時半頃かしら」

史郎が柱時計を見上げると針は五時半を指している。

「そうか、じゃあ、あと二十分したら阿喜良を迎えに行こう」

暖まってきたリビングで三人は熱い日本茶を飲みながら、それぞれが先ほどのことを思い返しているが誰も口には出さない。

「素都さん、あと三十分ほどで夕食ですからもう少し待っていてくださいね」

そう言い残すと晃代は夕食の下ごしらえをするために立ち上がりいつものように手際よく動き始めたが小分けした白滝を食べやすく結んでいる晃代の横にいつの間にか立った素都久が声を掛けた。

「晃代さん、私にも何か手伝わせてちょうだいな」

「えー、気にしないで下さいよ。大丈夫ですから休んでいて下さいよ」

「満代さんがいた時には、よくこうして二人でお料理を作ったのよ」

震災で亡くなった嫁の満代とこうして一緒にキッチンに立った時のことを素都久は思い出しているのだろうと考えた晃代は何も言えない。彼女は長ネギをまな板に載せると淡々と話し続ける素都久の前にそっと置いた。

「じゃあ、お言葉に甘えてこれをお願いします」

二本目の長ネギに包丁を入れながら素都久は小さく呟く。

「晃代さん、ありがとうね」

「えっ？　何がですか？」

　レタスを大皿に敷いていた手を止めると、晃代は背中合わせの素都久を振り返る。

「えゝ、さっきのことよ。でももう大丈夫。二度と死のうなんて考えないから安心してね」

　包丁を持った手を止めると彼女はきっぱりと断言する。少し興奮し息を弾ませた素都久の肩を晃代は背後からそっと抱き締めると囁いた。

「うちの人がね、今すれ違った人素都さんじゃないかって言ってね」

「夜道を一人で歩いている私に異常を感じて、わざわざ道を引き返して来てくれたのよね」

「ええ、あの時の素都さんは何か思い詰めた感じがして恐ろしいくらいだったわ。単なる用事で出かけたのかもしれないとも思ったけれど、カーディガン一枚というあの薄着は尋常じゃあなかったもの。もし仮に用事があるというのならそれはそれでその場所まで送ってあげればいいいんじゃないのということで引き返したの」

「三十分前まではそんな気は全くなかったのにあれは衝動的な行動だったの。こんな年寄りの私が生き残って、どうして満代さんと二人の孫そしてお父ちゃんまでが死ななければいけなかったのか、あの時以来ずっと自責の思いがあったの。私なんかいっそ消えてしまえばいいのにって…。明るいうちは思いもしなかったのに日が落ちてあたりが暗くなってきた時なぜか衝動的に死んでしまおうと思い立ってあとさき考えずに家を出てしまったの」

「素都さん…ずっと辛かったわよね。辛かったのに本当によく頑張ってこられたと思うわ」

晃代は言葉を詰まらせながらやっとそれだけ言った。

「辛くて大変なのはどこの家も同じだと思うわ。うちは亡くなったのが四人とみんなと比べたらちょっと違うかもしれないけれど辛いのはみんな同じよ」

振り返って晃代の手を握った素都久は彼女の目を覗き込むと少し笑った。

「でもね、私が自死をしたら阿喜良がどんなことになってしまうか…、確かにあの子も今は毎日を夢遊病者のようにやり過ごしていて、私はそれを見ているのがとても辛いのだけれど、そんな放心状態にいたとしても、もし私がいなくなったらあの子は誰からも見放されたと思うに違いないわ」

「そうよ、絶対自死だけはだめ！」

「ええ、あなたたちに命を助けられて帰る車の中で考えていたの。これからは阿喜良のためにどんなことがあっても自分に与えられた寿命までは何が何でも生き続けなければいけないって決めたの」

「ええ、ええ、そうよ。阿喜ちゃんのために生き続けなければだめよ」

「晃代さん、ありがとう。こんな安らかな気持ちになったのはあの日から初めてよ」

素都久は晴れ晴れとした笑顔で晃代を見る。

「さっ、阿喜良さんもそろそろ来るから早く支度をしちゃいましょう」

史郎はキッチンで交わされている二人の会話を聞きながら、素都久の殺気立っていた様子が全く消えたのが分かり胸を撫で下ろした。彼は冷たくなったお茶を一気に飲み干すと、じゃあそろそろ阿喜良を迎えに行こうかなと呟きながら立ち上がった。

その日も阿喜良は朝から工房に入り注文の大皿の制作にかかりっきりになっていた。悲しみの中にいてもいったん工房に入ると彼の雑念は消え去り作業に集中出来、束の間でも行方不明の娘のことを忘れることが出来るのが何より有難かった。ストーブを焚き、重ね着をしていても十一月の仙台は日が落ちるのと同時に足元から寒さが這い上がって来る。彼は大きく身震いをするとカーテン越しに暗闇をすき見してみる。その位置からガラス戸越しに見えるはずの母屋にまだ明かりが点いていないことに気が付いたが彼は気にしなかった。

「離れの押し入れでもまた片付けているんだろう」

整理整頓が好きな母親は幾つもある部屋を毎日のように片付け、夢中になると時間を忘れてしまうことも度々あったため彼はいつものことだと思っていた。

大きな伸びをしながら立ち上がった彼はその日に作った大皿が並べてある渡し棚に近づき出来具合を点検し始めた。だめだ、気に入らないなと舌打ちした彼はずらりと並べられた大皿の中から三点ほどを選び出し矯(た)めつ眇(すが)めつしてみる。それからなおも十分ほど作品を吟味し続けた彼はやがてストーブの火を消し工房の扉を押すと寒空の中に出た。

寒さに身を縮めた阿喜良が母屋に近づくとやはり明かりは点いていない。見間違いではなかったのだと思いながら母屋の玄関に立った時、砂利を踏む音がしてそれと同時に近くに住む山越史郎の声がした。

「今日の仕事は今終わったのか。精が出るなあ」

「ああ、史郎か。こんばんは」

阿喜良は史郎に向けた目を元に戻すと首を傾げながら母屋の引き戸を引く。

「やはり離れにいるのかなあ、母屋の明かりも点けずにだめだなあ」

独り言を言いながら手探りで玄関の明かりを点けた彼に史郎が笑いかける。

「実はさ、一週間くらい前にうちの奴と話していたんだよ。久し振りに素都さんと阿喜良と一緒に食事をしたいよねえって。そしたら晃代が今日すき焼きパーティーをしましょうよと急に言い出してさ。突然の話で悪いんだけれどいいかな？」

「えー、本当か。こんな寒い日にすき焼きとは嬉しいなあ」

「晃代が素都さんに一緒に準備もしてもらった方が楽しいからと言い出してさ。だから一時間ほど前だったかなあ、素都さんには悪いんだが先に我が家に来てもらっているんだよ」

「ああ、それで家に明かりが点いていなかったのか」

「ああ、素都さんも急な我々の招待に、よその家でそれも大勢で食事するのは久し振りだって喜んでいたよ」

「おふくろと二人になってからはさっぱりしたものばかりだから、今日のスタミナ食の招待、おふくろもさぞ喜んでいるんじゃないのかな」

これからの温かい食事を想像した二人は顔を見合わせ無邪気に笑う。

「あっ、それから素都さんから何か上に羽織るものを持ってきて欲しいって言われているんだ。突然の招待に慌てて薄着のまま出て来てしまったのでちょっと寒いんだそうだ」

「あまりの嬉しさに舞い上がっちゃったんだな。ホント、おふくろらしいや」

阿喜良はそう笑いながら部屋に上がるとハンガーに掛かっていた淡いピンクとブルーの厚手のカーディガンを手に取り史郎と一緒に車に乗り込んだ。

その日の四人の夕食は話も弾み思いがけず楽しいものになった。阿喜良がこれほど饒舌になったのはあの惨事以来のことだったし素都久がこれほど笑い転げたのも実に八カ月ぶりのことだった。

素都久が話し終えた時、既に辺りは薄暗く周りの家々には明かりが灯り始めていた
「クーちゃん、そろそろ帰りましょうか。今日は本当にありがとう。何だかとんでもない重い荷物を若いあなたにそのまま背負わしちゃったみたいね」

素都久は大きく息を吐くと深々と頭を下げる。

「いいえ、私は人との付き合いが希薄な環境にずっといたので、この年まで誰とも心を打ち明けて話したことがなかったんです。だから今日素都さんがこんな私にこのように話してくれたのはとても嬉しいです」

二人は同時にベンチから立ち上がると、両腕を大きく広げお互いを強く抱きしめた。

「また逢えますね」

「ええ、また逢いましょうね」

次の約束をするでもなく公園を出た二人は軽く手を振ると右と左に分かれて行く。ところどころに明かりが灯るだけの一本道を、クーは自転車を引いて余韻を楽しむようにゆっくりと歩いて行く。平坦な道から町中へと続く坂道の手前でクーは素都久の去っていた方角を振り返る。すると一本道の遥かかなたで素都久がこちらを向いて佇んでいるのがうすぼんやりと見えた。


「私の家はこの近くなの。良かったら寄ってみる？」

素都久がそのように言ったのは二人が三度目に会った時のことだ。

八月も半ばの日曜日、天気予報ではその日がその夏一番の暑さになるという。その予報通り自転車を引いたクーが上り切った丘の上には、夏本番の太陽が容赦なく照りつけすべてが死んだような静寂だけがあった。ここ数日の暑さですっかり食欲の落ちているクーはそれでも公園の前の雑貨店でアイスクリームを買うと公園に入っていく。あれからも毎週のようにクーはこの公園に来ていたが素都久には会えない。大人なのだから私みたいに暇ではないんだと彼女は納得していたが寂しく思うのは毎度のことだ。ベンチに座った彼女がパッケージに入った最中(もなか)のアイスクリームを丁寧に広げているとその前を通りかかった影が彼女の前で歩みを止めた。

「戸沢のおばあちゃん、今日も来ないね」

クーが目を上げるとそこには雑貨屋の息子の、クーの飛び級を信じて疑わない野球帽が立っている。

「素都さんを知っているの？」

「うん、僕の家から歩いて五、六分くらいの所に住んでいるんだよ」

クーは最中のアイスクリームを半分に折ると野球帽に渡しベンチに座るように促した。

「ねえ、お姉ちゃんはどうしていつも戸沢のおばあちゃんを待っているの？」

「お姉ちゃんはね、この公園で戸沢のおばあちゃんとお友だちになったのよ」

「フーン」

「君だってこの間仲直りした友だちといろんなことして遊びたいでしょ？　お姉ちゃんだって仲良しになった大好きな戸沢のおばあちゃんといろいろなお話がしたいのよ」

「フーン、そうなんだ」

その時少年を呼ぶ甲高い声が聞こえてきた。

「ねえ、いいこと教えてあげようか？」

「うん、教えて」

クーは声のする方を気にしながら少年を促す。

「僕も戸沢のおばあちゃんが大好きだよ」

そして彼はへへと笑うと立ち上がった。一段と大きな声で叫んで手招きしているのは確か二か月前に野球帽の少年に虐められていた少年だ。

「すっかり仲直りしたのね」

クーの冷やかす声に少年は恥ずかしそうに鼻先をこするとごちそう様と叫びながら皆のところに駆け足で戻って行った。

それから一時間ほどが経ち今日も会えないとクーが諦めかけた時、黒い日傘をさした素都久が公園に入ってきたが彼女はクーと目が合うと小首を傾げてほほ笑んで見せた。

「私の家はこの近くなの。良かったらこれから寄ってみる？」

日傘をくるくる回しながらクーの傍まで来た彼女がそう言うのに目を丸くしたクーは大きく頷いたものの、でも家には息子さんがいるんでしょ？　と小さな声を出す。

「この時間は大丈夫よ。さっきお茶を飲みに母屋に来たけれどじきに仕事に戻ったので夕方六時過ぎにならないと工房から出ては来ないわ」

彼女は正直なところ息子には会いたくなかった。なぜなら十五歳の小娘に家族四人を亡くした人の心の痛みなどいかようにしても慰めることなど出来ないのは分かっていたからだ。

「工房にはトイレもあるし冷蔵庫もあるしあの子は原則として朝工房に入ったら夕方まで工房からは出てこないのよ。工房に入ると頭は作品を作ることでいっぱいになり、あのことがあった後はますますそんな具合なのだけど、仕事をしているその時だけが辛かったことを少しでも忘れていられるからなのだと思うわ」

今まではいわゆる新興住宅というところにしか住んだことがなかったクーは、築百年以上という戸沢家のその由緒ある佇まいに思わず息を止めた。戦災にも遭わず七年前の地震にも倒れることもなくその屋敷は古き良き時代を偲ばせる威風堂々とした建物だ。

「もう建て替えたほうがいいのでしょうけどね、思い出がいっぱい詰まったこの家は私が生きている間はこのままにしていて欲しいと息子には言ってあるの」

大広間の高い天井を見上げたクーはその高い天井を支えている座敷の真ん中の大黒柱をそ

っとさすってみる。すると不思議なことにその太い柱からこの旧家に脈々と続いている人たちの営みを感じることが出来、何とは分からないが時代を通り過ぎた先人たちの鼓動が聞こえてくるようにも感じられてくる。

一階の隣り合った四つの部屋は普段は襖で仕切られ、何かの行事がある時はその襖を取り払うのだという。するとそこは三十畳ほどの大広間となり何十人かが収容できる空間になるのだそうだ。そして母屋から放射状の渡り廊下が走りその先には部屋がいくつもあり二階にも今は使っていない部屋がいくつもあるのだという。

「大昔は親戚の人も何組かがここに一緒に住んでいたので、この家でも狭いという感じだったのよ。でも今は息子と二人だけになってほとんどの部屋は使っていないの」

家の中をひと通り案内した彼女は最後に一日を一番長く過ごすというリビングに入る。

「スイカが冷えているのよ」

素都久はリビングのソファーにクーを座らせると扇風機をクーのほうに寄せる。庭には木々が生い茂っているせいか家の中を通り抜ける風は何とも心地良いし、けたたましい蝉の声はひとつの大きな塊となってこの屋敷を包み込んでいるようだ。

「このスイカ私が選んだのよ。どうやら今回は当たりだったみたい」

得意そうにそう言いながら素都久がクーの前にスイカを置いたがその時突然クーは姿勢を

正し深々と頭を下げた。

「素都さん、お願いがあります」

「突然どうしたの、いいわよ、何でも言って」

「素都さんに…おめでとうって言って欲しい、十六歳の私の誕生日を」

「えっ？　クーちゃんはきょうがお誕生日なの？」

　頷くクーの目には涙が溜まっている。

「私、今まで一度も誕生日を祝ってもらったことがないんです」

「一度もって…何で？」

「正確に言うと小さい頃勉強を教えてもらっていた家で二度イチゴのショートケーキでお祝いをしてもらったことはあるけれどそれだけ」

　二人が初めて会った時、名前は何て言うのという素都久の問いかけにクーの体が一瞬硬直したのを彼女は覚えている。

「クーちゃん？　あなたは自分をクーだと言うけれどそれは本当の名前ではないわね。あなたの本当の名前は別にあるしそれに今のクーちゃんの年なら本来なら行っていなければならない学校にもあなたは行っていないし何よりも体が折れそうになるほどの重い荷物をいっぱい背負って…。クーちゃん？　今日はそれを素都さんに全部話さなくてはいけないわね」

「生まれてからこれまでの十六年間のすべてを素都さんに聞いて欲しい」

「分かったわ。じゃあとにかくこの美味しいスイカでまずクーちゃんのお誕生日をお祝いして、その後は私が美味しいおはぎを作るから、そのおはぎでもう一度お祝いね」

二人はスプーンを手にとるとそれを軽く合わせる。

「クーちゃん、十六歳のお誕生日おめでとう」

すすり上げながら口に入れたスイカの甘さをクーは認識出来ない。

第四章　冬の大三角

戸沢阿喜良はただひたすら待っていた。しかし彼が吉報を待っているのか、それとも凶報を待っているのか実際のところ彼自身にも判然としなくなっている。行方不明の遺体が見つかったという知らせは果たして吉報なのかそうではないのか。そして未だに家族の手掛かりがないということははたして凶報なのかそれとも吉報なのか。

壁に掛けた黒いブルゾンのポケットの携帯が少し前から鳴り続けている。彼は暫く深い眠りに入っていたが断続的に続くその音にいやおうなく叩き起こされた。しかし目は覚ましたものの彼は暫くその長椅子に横たわったまま起き上がろうとはしない。彼が瞬時に行動を起こせないのは実際のところ彼は怖かったからだ。あの壊滅的な震災から既に一か月という時間が流れていた。当初は掛かってくる電話に悪いことは全く考えなかったが、今では電話が掛かるたびに良い知らせだとは思えなくなっており、電話が鳴る度にいつも身の竦む思いがしている。それでも彼はノロノロと長椅子から体を起こすと壁に掛けたブルゾンのポケットをまさぐり携帯を取り出した。

「もしもし」

「…」

　相手の沈黙がすべてを物語っていた。

「見つかったんだな」

「ああ」

「ありがとう。それで？」

「奥さんと和人君の二人だ。引き波に二人ともさらわれてしまったらしいんだが、膨大な漂流物に巻き込まれたまま流され、結局それらと一緒にうず高く積み上げられてしまったらしいんだ。奥さんは災害に遭った時から和人君と一緒で、和人君を抱きしめていたらしいのだが積み上げられた時に水圧で和人君だけがスポッとブルゾンから抜け落ちたらしく奥さんの腕には和人君のブルゾンだけがしっかり抱えられた状態で残っていた。でも和人君も奥さんが見つかった場所から僅か十数メートル離れた同じ漂流物の山の中から見つかったよ」

「そうか…、ありがとう。これからすぐそちらに行くよ」

　彼は転寝をして少し冷えた体に黒のブルゾンを羽織ると工房の扉を押した。彼はここのところ慢性的な睡眠不足に陥っているが、それは春の足音がする三月に起きた大震災の日からずっと続いている。一家六人のうち四人がその震災で行方不明となり現時点では彼の実父が見つかっただけで、妻の満代と長女の明日実、そして長男の和人は見つかっていなかったのだ。あの日から毎日、彼は方々の避難所に顔を出しては家族に対する僅かな手がかりでもないかと走り回っていたのだが何の手がかりもないまま彼の疲労はピークに達していた。彼はその日も午前中は海岸近くに行って捜索に加わり、その後は数か所の避難所を回ったりしていたのだが彼の疲労困憊した様子を心配した仲間が家に帰って休んだ方が良いと無理矢理彼を自宅に帰したのだ。母屋で休むより自分が一番落ち着く工房で少しでも寝ようと彼は工房に入ったのだが、長椅子に身を横たえたのと同時に深い眠りに入ったようでかれこれ一時間ほどは寝ていたようだ。彼は重い頭を二、三回左右に振ると体を両手で叩いて気合を入れる。引き波で海と陸地の間に山積みになった瓦礫の中でこの一か月眠っていた妻の満代と和人を思うと無念ではあったものの二人は間際まで一緒で良かったという思いも彼の中には少なからずあった。遺体の損傷は激しかったものの二人は瓦礫の中にいたのが幸いしてか衣服は身につけたままで幼稚園に通う和人の服に書いてあった名前で身元が分かりその後のＤＮＡ鑑定でそれは確実なものになった。

それから一年が経ったが長女の明日実は今もまだ見つかっていない。しかし彼は明日実はどこかで生きているのではないかと儚い望みを持ち続けている。

彼女は生まれつき病弱で十歳のその日までに二度の手術を経験しており一つは心臓の弁の取り換えもう一つは腎臓の移植だが、小さな体で健気に闘った彼女は無理をしなければ級友と同じ程度の生活ができるまでに健康になっていた。過酷な手術を乗り越えた強靭なあの子なのだから、こんな津波ごときで命を落とす訳がないと彼は自分に言い聞かせる。

「帰って来る。きっとあの子は帰ってくる」

仙台の海側に住む人間と山側に住む人間の運命は明確に違っていた。海側に生活圏がある人の被害は人的被害も含めて大きなものがあったが、山側に住んでいる人にとっては最小限の被害で済んだ家庭がほとんどだ。山側に住みながら一家六人のうち三人が亡くなり娘の明日実の安否が未だ分からない戸沢家のような例はなかった。

父親の秋友（あきとも）は海寄りの知り合いの家に遊びに出掛け満代と和人は低地の幼稚園、そして明日実は学校の課外授業で丁度海側にいたのだという。地震が起きたその瞬間あまりの揺れに驚いたものの津波の高さはせいぜい二、三メートルだろうと誰もが楽観視しており、実際の八メートルを超える津波の高さを誰一人として予想出来なかったのは当然であろう。海側にも三階、四階建ての大きな建物があったが誰もがその建物の中に逃げ込めば安全だという楽観的な考えしか持ち合わせていなかった。

阿喜良はその日も工房に入っていたが今まで経験したことのない揺れと同時に釉（うわぐすり）をかけた素焼きの製品のすべてが渡した棚の上から落下しあたりは瓦礫で足の踏み場も無くなった。窯に火が入っていなかったのが幸いといえば幸いだったが、積み上げて出荷するだけになっていた製品はほとんどが商品にならないガラクタになってしまった。取るものも取り敢えず彼が外に出てみると、自宅から飛び出してきた人たちが青ざめた顔をして右往左往している。母屋から慌てて飛び出してきた素都久も小刻みに震えながら阿喜良の傍に走って来た。

「大丈夫だったか？　怪我はしていないか？」

「私は大丈夫！　それより皆は大丈夫なの？」

「さっきから連絡しているのだけれど誰にも繋がらないんだよ」

阿喜良は先刻から繋がらない携帯をいら立った様子で操作し続けている。周りの人たちも握りしめた携帯を祈るように見つめたりしているがこのような状況での通話はもう到底無理だろう。やがて海側からこの高台めがけて多くの人がぞろぞろと集まり始めていたが、その集団の中から一人として戸沢家の誰かが駆け寄ってくることはなかった。大勢の人で溢れ返った丘の上の誰もが今後どのようにしたらいいか見当もつかず、ただ不安げに声を落としそれぞれが家族の情報を集めている。そしてその間にも数分おきに余震が起こりそのたびに人々は叫び声を上げる。

「ウワァー、津波が来るぞぉー」

どのくらいの時間が経った時だろうか、誰かの悲鳴にも似た声に人々は一斉に低地が見渡せる場所に走って行った。そこで皆が見たのはまだ数十センチ程度の小さな第一波の津波だが、第一波の津波の遥か遠くには第二波がやって来ているのが見える。第一波から遅れること数十分、到達した第二波に第一波は後押しされながら徐々に勢いを増していた。既にうねるような大きな波に変化した第一波は低地を舐めるようにゆったりとあくまでも冷静に走って来る。到達した第二波のあとには第三波そして第四波、第五波が遥か沖合に見えている。

第二波は大通りから今は居住地の細い路地にまで入り込み、あたり一面をまるでいたぶるかのように緩やかに進んでいる。次々に押し寄せてくるどす黒く変化した波に耐えきれなくなった家々はスローモーションのように傾いたかと思うとそのまま真っ黒な波と一緒に前面に移動して行き第三波、第四波が押し寄せてきた頃には、それまでかろうじて踏みとどまっていた鉄筋造りの建物までもが波間に沈んでいった。

「あー、イヤッー」

中年の女性が大きな悲鳴を上げながら泣き出すとそれにつられて周りの人たちの泣き声が漣（さざなみ）のように伝播していく。もしかしたらあの津波に自分の家族が飲み込まれたのではないかと思うと阿喜良は居ても立ってもいられない。彼は津波を睨み付けながら握り締めていた携帯を開き送信を繰り返すがやはり家族の誰にも繋がらない。

「わぁー、やめてよー」

阿喜良の周りでは次々と泣き出す人で丘はひとつの木霊となっている。

「ワー、今度は引き波だぞー」

引き波のほうが更に残酷だった。あらゆるものを手中に収めた魔物は人々の悲鳴を意に介すでもなく来た時と同じように、これっぽっちも顔色を変えることなく悠々と去っていく。阿喜良は引き波に搦めとられながらなす術もなく流されていく水面から突き出ているものをただ茫然と見ていることしかできない。

「阿喜良…」

彼の隣にピッタリと張り付いた素都久が、彼のブルゾンの裾をきつく握り締めている。

「大丈夫だから、おふくろ、気持ちをしっかり持ってよ」

「みんなは、みんなは…」

その時また大きな余震が起こり、皆がその場にかがみこんだ。そしてその後も五分おきにかけ続ける彼の携帯には誰からも何の応答もなかった。

最初の揺れがあって数時間、日はすっかり落ちあたりを三月の深々とした夜気が支配している。日が落ちてからの底冷えのする寒さは皆の悲しみに一層拍車を掛ける。

丘の上に住む住民たちは余震の合間を縫って家の中に入ると毛布や布団や寒さを凌げる衣類を持ち出しとりあえず一か所に集めその後は子どもや年寄りを優先して配布した。またどの家庭にも備蓄している食料もかき集めると、十分ではないものの皆に等分に配り少しでもお腹の足しにしてもらった。とりあえずそれだけの作業を終えるとまだ早い時間だというのにその後は誰も何もすることがない。明かりの消えた暗闇の中で誰もが黙り込んだまま当てもなく何かを待っている。

暗い中でも余震は何度も続きその都度悲鳴は起こるものの、その丘にいる限り安全は確保されているということが分かってきたためか、人々は徐々に冷静さを取り戻していた。

一年の内で冬は星が最も美しく見えるという。一般的に冬に発生する上空の寒帯ジェット気流がチリやホコリをすべて吹き飛ばし、その上冬場は空気が乾燥しているので水蒸気が少なく上空がより鮮明に見え星の輝きが一段と増すのだといわれている。

雲の切れたその夜の天空は町の明かりの一切が消えたためかいつにも増して美しい。

「ねえ、おとうさん。あの一番明るく青白く光っているのはシリウス?」

暗闇の中に小学生らしい少年の押し殺した声が聞こえてきた。真っ暗な道路の脇に腰を下ろした阿喜良は既に何十回目かになる家族への安否確認の電話をかけ続けていたが、少年の声に促されその日初めて空を仰いだ。

「あれがシリウスだとすると、じゃあ、あそこがおおいぬ座だね」

少年の問いかけに黙ったまま返事もしない父親に業を煮やした少年は、仕方なく一人で星空を指さしているのかもしれない。しかしまた暫くすると遠慮がちな声が父親に問い掛ける。

「大三角はシリウスから両手を万歳の位置に伸ばせばいいんだよね」

「ああ、ン…」

おとうさんといわれた男が曖昧に相槌を打つだけなのは、地震という想定外の現実に遭遇して彼の思考が停止してしまっているためだろう。現実のことで頭がパニック状態になっているらしい父親は子どもの話を聞く余裕などは全くないようだ。息子と二人で毛布にくるまるその男のかたわらに家族らしい人が見当たらないのは、彼らも阿喜良と同様に家族と離れ離れになってしまったのかも知れない。すべての明かりが消えた状況で少年の顔は見えないが、彼がなおも父親に話しかけようとしているのがその息遣いから阿喜良にも分かった。

「そう、シリウスとシリウスから左上にのびるプロキオン、そして右上にのびているベテルギウスの三つを線で結ぶと冬の大三角だよ」

彼も少年の父親と同様に今は何も思考できない状況になってはいたのだが、彼はこのような時にこそ少年の心をケアしなければとうろ覚えの知識を口にしたのだ。それと同時に彼が見上げた天空にはいつにもまして眩いばかりの星座が広がっている。

「こんな綺麗な星空が…こんな時に」

彼はその眩暈のするような美しさに思わず絶句しうめき声を漏らした。図らずもその時彼の頬を一直線に涙がこぼれ落ちたのは、未だに連絡の取れない星が大好きな六歳の息子の和人のことが脳裏に浮かんだからだ。今父親と一緒に毛布にくるまって星空を見上げているその少年もきっと和人と同じように星が大好きで、たぶん和人と同じくらいの年齢なのだろう。

自称星博士を名乗る和人は三歳の頃から星に興味を持ち始め、六歳の今では阿喜良に宇宙に関する専門的な知識をいろいろ披露してくれるまでになっている。そもそも彼が夜空に興味を持ち始めたきっかけというのが、彼が三歳の時《夏の大三角を探しに行こう！》と銘打った仙台に住む星の愛好家たちが主催したツアーに彼が参加した時からだ。

そのツアーに参加するには同伴者参加が必須の条件とされており、阿喜良は不承不承(ふしょうぶしょう)で参加したという経緯があったが、しかしそれまでゲームばかりしていた和人がツアーに参加してからは宇宙に関する本を読むようになったばかりでなく何と自然科学の本まで読み始めたのは彼にとって嬉しい誤算だった。そして今、彼のもっぱらの興味は新しい星を発見することで、その星に大好きな母親の名前を付けるのだと彼の夢は果てしない。

「父さんの名前は付けてくれないのか」

阿喜良がわざと不満そうに口を尖らせて見せると和人はこともなげに言ってのける。

「お父さんの名前は二番目を見つけた時に考えてあげるからね」

生(は)え変わりの透(す)き歯(ば)を見せると和人は得意そうに小鼻を膨らませた。

阿喜良が隣に座る少年に説明した冬の大三角の知識も一、二年前に既に和人に教えてもらったものだ。自宅の二階には和人にせがまれて高価なニュートンの望遠鏡を取り付けたのだが、丘の上にある今の住まいは新しい星を見つけるための絶好の観測場所なのだ。

お父さん、もっと性能のいいビクセンの望遠鏡が売り出されたんだよと和人が甘えた声で阿喜良にすり寄って来たのはほんの一週間前のことだ。

隣から聞こえてきた予期せぬ大人の声に驚いた少年が緊張して一瞬息をとめたのが阿喜良にも分かった。

「大三角があれだとするとさ、ベテルギウスのある所がオリオン座だよね」

阿喜良の声に驚いたものの少年は見知らぬおじさんの返答が余程嬉しかったのだろう、それまでの遠慮がちだった声が思わず大きくなる。

「そうだね。オリオン座三つ星も…あの星は靄のかかった都会ではあまり見えないらしいけど、ここではあんなにはっきりと見えているね」

少年の弾んだ声にそれまで背を丸め膝を抱えただすすり泣いていた周りの人たちが一斉に空を見上げる。そして見上げたその天空の息を飲む美しさに皆が意味不明の唸り声を上げた。

「全くよりによってこんな日に何て見事な星空なんだ！」

いまいましそうな若い男の声にそれまで何とか堪(こら)えていた人たちの思いが堰を切ったように溢れ出し、あちこちで嗚咽が聞えてくる。

「うちの奴もどこかでこの星を見ていればいいんだがなあ」

それに答える術もない人々はただ黙ったままだ。あたりには大勢の人がいるはずなのにただ静寂だけがそこにあった。

しかしどのような辛い状況に陥ったとしても、月日が経つと人は少しずつその状態を受け入れ、状況も少しずつ変化していく。戸沢阿喜良も家族四人を一度に喪い、そのうち娘の安否は未だ不明のままで彼は依然として悲しみの中にいる。それでも彼は毎日食事をし仕事をこなしそして眠る日常はあの時と変わることはない。しかし彼の悲しみはあれから七年経った今、悲しみは悲しみとして確実にあの時とは変化したものになっている。

彼の父親の秋友は地震発生の三日後に、そして妻の満代と息子の和人は地震の一か月後に発見されたが、阿喜良はあれからもずっと娘の明日実を待ち続けていた。誰が何といおうと彼は娘の生存を信じている。

あの子は可愛い顔をしていたので震災というあの混乱に乗じてよからぬ男に誘拐されたのかもしれないと親バカの彼は考える。いやそれよりもあの時のショックがあまりにも大きく明日実は記憶を喪失してしまい帰れなくなったのかもしれない。そうだとすればあの子はあの混乱で見知らぬ土地に流れ着き食べるものも食べられない状況にいるのかもしれない。いやいや、そうじゃない。あの日の朝、あいつの母親に対する酷い口のきき方を怒鳴りつけたのが原因で、あの混乱を幸いとばかりにあの子は家出をしてしまったのかもしれない。阿喜良の思いは毎日揺れ動き、彼は自分を責め立てた。

しかし彼は明日実に対して未だに葬式も出してやらないことを申し訳なくも思っている。あの子の死を受け入れずにまだ生きていると思い続けている自分の我儘ははたして明日実にとって良いことなのだろうか。いつまでもこんな状況を続けていてはあの子は成仏できないのではないだろうか。いろいろ理屈をつけて明日実の死を受け入れない阿喜良だったが、彼の中ではとうの昔に娘の死は受け入れていたのだ。

その悲しみは彼の母の素都久も同じだった。あの日以来彼ら二人は顔を合わせても最小限度のことしか話さないようになっている。いろいろ話したいことはあるのだが口を開けばそれは愚痴になり思い出話になってしまう。実際思い出話をするということは、それは取り直さず明日実の死を受け入れてしまうことになるからだ。しかし死も受け入れない、葬式も出さないという今のこの状態では、明日実の魂はまだこの世を彷徨って成仏していないのかもしれないと彼は考える。

もうそろそろお仕舞いにしてもいいか…彼は凪の海を見つめながら呟いた。

第五章　荒野

「そうだ、東京に行こう」

それはここ数か月間クーがずっと考え続けていたことだがそう口に出したことで逡巡していた彼女の迷いは見事なほどに吹っ切れた。

十六歳の彼女にとって東京に出て行く不安は限りなくある。しかし彼女にとって母親との生活をこれ以上続けていくのは限界に思われた。なぜなら三か月前、母との二人暮らしのマンションに若い男が荷物を運び込んでくると同居を始めたからだ。同居を始めたばかりの頃男は母との濃密な時間を確保するためか、クーの存在をむしろ疎ましく思っていたのだがあれから三か月経った今、男の好色な視線がクーを舐めまわすようになっている。これから先もこのままの状態が続いたとしたら、いつかとんでもない修羅場を迎えるだろうことは十六歳の彼女にも十分理解できるが、十六歳の娘をいつまでも子どもだと思っている母親はたぶんこの三人の生活の危うさを理解していないに違いない。彼女があの男を家から出して欲しいと言ったとしたら何も知らない母親は何と言うだろう。

「何てことを想像するの、いやらしい子ね」

彼女はきっと不快な顔をしてそう言うに決まっている。しかし母親はその男がクーの体をもの欲しそうに見つめているのを知らないのだろうし、まして何気ないふりをしてクーの体に触れるようになってもいることなど思ってもいないだろう。だが、だからといってどうすれば良いのかクーには考えが及ばない。ここを出て東京に行ったとしても一人の知り合いもいない土地で、保証人もいない十六歳のクーが働けるような場所はたぶんひとつもないはずだ。あったとしてもそれは身分の保証を必要としない裏社会の限られた職業に限られてしまうだろう。なぜなら彼女はいわゆる就職に必要な履歴書を作成するための戸籍を所持していない「無戸籍の人間」だからだ。しかしいつかは母親とは違う道を歩き出さなければいけないと思っていたクーはこういうことが起こった今がそのチャンスに違いないとも思う。

母親にはいつも男の影がある。初めてクーがそれを意識したのは、彼女が三歳になった早春のやけに生暖かい風が吹いている夜だった。その夜、二人が住むマンションにやって来たのは今まで見たことのない頭の禿げ上がった男で、彼は手に下げた二箱のイチゴのパックをぶらぶらさせながら玄関を上がって来たが、キッチンの段ボールのテーブルで絵を描いているクーを見てちょっと驚いた様子を見せた。

「子供がいたんだね」

母親は素早くクーを見るとすみませんと小さく呟き男を見つめた。男は母親の燃える視線から目をそらすともう一度クーを見つめたが、その後はクーを全く無視し母親だけに熱い視線を注ぎ続けた。クーはスケッチブックとクレヨンを持つと隣の部屋に行き床に座り込んだが彼女は絵を描くふりを続けながらその背中は二人のやりとりを聞いていた。男は一時間ほどして帰って行ったが、翌日から母親の帰宅はそれまでにも増して遅くなり、化粧は濃く着るものも派手なものに変わっていった。しかし半年が経つと裕子の帰宅はまた元に戻りそれから一年後には今度は裕子より大分年下と思える男が頻繁にやって来るようになった。男は初めて来た夜、ショートケーキの土産をクーに渡すと彼女の頬を軽くつついた。その後彼は週末になると決まったように二人の住まいにやって来てはいろいろなものを作っては食べさせてくれたが半年もするとその男もいつの間にか姿を消し、その後もそういうことが幾度となく続き今また新たな若い男が二人の家に住み始めているという訳だ。

クーは母の赤裸々な私生活をこれ以上見るのはもう真っ平だった。それにもう子どもではないクーは、赤の他人の男性が入りこんできた家にたとえそれが我が家であったとしても自分が出ていかなければならないと思うほど大人になっていた。

戸沢焼きの窯元の主・戸沢阿喜良の視野に赤いワンピースのその女が飛び込んできたのは、通夜の客がほとんど帰り一息ついた彼が大広間に戻った時だ。四つの座敷の襖を取り払いそこで参列者には通夜振る舞い（つやぶるまい）で寛いで貰っていたのだが今は遠くから来た親戚が三、四組ほど残り、酒を飲みながらひっそりと故人の思い出話などをしている。

「阿喜ちゃん、あそこにいる娘さんは誰？」

いつの間にか彼の横に並んだ叔母の山形安代（やまがたやすよ）が彼の耳元で囁いた。その目は三日前心筋梗塞で突然亡くなってしまった姉・戸沢素都久を悼んで泣き腫らしたものだったが、彼は労わるように叔母を見ながら首を振る。

「いや、知らないなあ」

「姉さんの知り合いかしらね？」

赤いワンピースのその女は酔っているのか眠ってしまっているのか料理を前にして頭が前後にゆっくりと揺れている。

「あんなに若い子がお友だちなんていかにも姉さんらしいわね」

「ああ、おふくろときたら誰とでもすぐに仲良くなっちゃうんだからな」

その時女の体は大きく揺れたかと思うとゆっくりテーブルに倒れていった。

「あゝ、大変。あんなところで寝ちゃったら帰れなくなっちゃうわ」

「帰れなかったら今日はここに泊めて上げればいいよ」

そう言うと彼は女の横に置いてあるワインカラーの大きなスーツケースを指さした。

「ほら、旅行か家出か知らないけれど、あの人は今日家に帰らなくても良いみたいだよ」

「まさか最初からここに泊まるつもりだったってこと？」

彼は両手を広げると肩をすくめてみせる。

「さてどうかな」

安代はテーブルに突っ伏した女に近づくとその肩を揺すってみる。

「もしもし、起きないともうじき十時になりますよ」
二、三度肩を揺すられてやっと目を覚ました女はゆっくりと頭を上げたが、その顔は泣きはらして浮腫んだものになっている。
「大丈夫？　そろそろ帰らないと…」

思っていた以上にその女が若いのに安代は驚いた。化粧は落ちてしまっているがその艶やかな頬からしてたぶん十代の半ばに違いない。

「あなた、お家はどこなの？　最寄りのところまで送っていくわよ」

離れた場所で酒を飲んでいる阿喜良に目配せをしながら彼女は続ける。しかしその女はまだ眠りから覚めていない様子で目は今にも閉じかけている。

「あなたさえ良かったら泊まっていってもいいのよ」

その日のために近所の寝具屋からは十組ほどの布団はリースしてあったので、その若い女が泊まったとしても何の不都合もない。

「今日はここに泊まるからって一応お家に連絡しておいたら？　私たちはあなたが泊まってもちっとも構わないのだから」

女は曖昧に首を上下にかくんかくんと揺するだけで何も言わない。

「叔母さん、今から帰す訳にはいかないから泊めようよ」

いつの間にか傍に来た阿喜良は泣き腫らしてむくんだ女の顔を労わるように見つめる。


一本の線香が燃え尽きるにははたしてどれくらいの時間がかかるものなのか。線香の火を絶やさぬように一晩中起きているつもりだったが、胡坐をかいたままの姿勢がガクッと左に傾き阿喜良は転寝（うたたね）から覚めた。目の前の線香がまさに燃え尽きようとしているのを見た彼は慌てて祭壇に近づき線香に火を点けると香炉に立てた。

「ふっー、良かった」

安堵の息を吐いた彼は母親の遺影を見上げる。

「心筋梗塞だなんて…何の問題もないって病院も言っていたじゃないか」

彼は恨みがましく母の遺影に語り掛ける。

素都久はこのひと月くらい体調がすぐれないと言っては、病院で検査をしていたがどこも悪いところは見つかっていない。しかし三日前自宅のリビングで倒れた彼女は運の悪いことに周囲に誰もいなかったこともあり病院に運ばれる前に亡くなってしまったのだ。

「心筋梗塞で急死だなんて、おふくろは何でそこまで子供孝行なんだよ」

隣近所の何軒かで年老いた親たちの介護に明け暮れ、それによって精神的にも金銭的にも追い詰められ家族が崩壊していくさまを見ていた彼女は子どもに迷惑をかけまいとしていたのだろうか。四十六歳の彼は震災で家族四人を亡くしただけでなく今また母親までも亡くし、自分ひとり取り残された寂しさがひしひしと身に迫って来る。

――おふくろも自分の連れ合いだけではなく嫁と二人の孫までも亡くしてしまったこの七年はさぞ辛かっただろうな――

気丈にふるまってはいたが七年前のあの出来事は素都久の心身にかなりのダメージを与えたに違いない。仙台の高台のこのあたりは津波の被害には遭わなかったものの、高台に住む人々は次々と襲ってくる津波が海側の町を飲み込んでいく様をなす術もなくただ茫然と見ていたが、何度も繰り返す津波の怖さを見届けた彼らはその心の傷を折に触れ思い出し七年という時間が経った今もまだ引き摺っている。

母の素都久はその名が示す通り幼少期から珍しいほどの外交的な女性だった。

「この子は素都久の名前の通り本当に外向的な子供だ」

小さい時から外で活発に遊ぶのが好きな素都久は「そとく、うちいち」、つまり外にいるのが九で家の中にいるのが一だと大人たちに良くからかわれたものだ。

素都久は仙台で古くから続く窯元の長男の戸沢秋友に嫁ぎ、順当に二人の男の子と一人の女の子を産んでその後もさしたる不満もなく過ごしてきた。幼馴染の二人だったが小さい時から素都久は秋友の父親の工房に出入りをして遊んでいたので、秋友と素都久が結婚することは周りの誰もが自然の成り行きだと思っていた。

そしてやはり両親と同じように幼い時から工房を遊び場としていた阿喜良も、父の秋友の仕事を見ながら大きくなった。阿喜良が初めて土に触れたのは三歳の時で、その日工房の床に寝転がって遊んでいた彼を秋友はひょいと抱きかかえると小さな椅子に座らせ目の前のテーブルに一塊の土をドスンと置いた。

「さっ、この土でアキ坊の好きなものを作ってごらん」

それまでは阿喜良がいくら頼んでも決して土に触らしてくれなかった父が、その日はどういう風の吹き回しか何でも好きなものを作っていいと言ったのだ。

「本当？」

彼はとても誇らしい気がして父親を見上げると優しく父の目が笑っている。

小学校の頃の彼は土をおもちゃ代わりとしていろいろな作品を作ってきたが、中学生になる頃には将来は焼物で身を立てるようになりたいという彼の夢が膨らみ始めていた。兄弟妹(きょうだい)の中でも阿喜良だけが焼物に興味を持ち、父も自分の跡を彼が継いでくれればとかすかな期待を持ち始めていたのだが、阿喜良は無から何かを作り出していく作業が好きなのであって、いわゆる流れ作業の食べていくためだけの仕事はしたくないと思っている。

美術大学を卒業した彼は本業の傍ら自分のオリジナル作品の制作を続けておりここ数年は全国的なコンクールに応募したりもしていた。そして結婚して十一年目、三度目の挑戦で彼の作品は国が主催する現代焼物コンクールで金賞を受賞したのだが、その快挙は彼の今後の焼物に関わる方向性を大幅に変更せざるを得ない状況になった。

祖父の代から続いていた大量生産の会社は、彼の代で阿喜良のオリジナル作品を求める人たちの要望に応えることに方向転換をしたのだ。彼が自分の思うところの作品を制作し始めると、良質な器で食事をしたいという人たちの口コミによって徐々に固定客も増え始めてきたが、今までの安定した収入がある生活と違って言ってみれば行き当たりばったりのような作品作りはリスクも大きい。しかしそれでも彼にとっては妥協しないその不安定な生活こそが充実したものに思えるのだ。

弟の数矢も妹の百合奈も小さい頃は阿喜良と同じように工房を遊び場所としていたにも拘

らず焼物の世界にはあまり興味を示すことはなかった。数矢は大学を卒業したのと同時に東京に出て大手電機メーカーに就職をし、一方アパレルメーカーに就職していた妹は入社三年目で職場の同僚と結婚して今は宮城県のはずれの気仙沼に住んでいる。

就職したての頃の数矢は年に数回は実家に帰ってきていたものの、いつの間にか年に一回がやっとの状況になってきたが母の素都久はそんな数矢にもそれぞれの生活があるのだからとゆったりと微笑んでいるだけだ。数矢は東京で結婚相手を見つけますます仙台とは疎遠になっていたが子供が出来ると家族で年に数回は仙台に帰ってくるようにはなったが二人の孫は東京とは違う緑の多いこの仙台の町をすっかり気に入り、ある程度の年齢になると祖父母の元に一人でも度々訪れるほどに仙台の町の虜になっている。

そして数矢は八年前に仙台の本社勤務になり東京から仙台に戻って来たが一年後に地震が起き一家も当然甚大な被害を被った。だが家族は全員怪我もなくその半年後に気仙沼支店の支店長になり今は妹の百合奈と同じ気仙沼に住んでいる。そして妹の百合奈の家族四人も震災の時はタンスが倒れ食器戸棚の食器が飛び出したりする程度の最小限度の被害で済みほっとしていたところに兄の阿喜良の家族四人の死を知りそれから後は何とはなしに疎遠になり、その状態が現在も続いているという訳だ。

山側に住んでいたにも拘わらず阿喜良の家族だけが一家六人のうち四人が被害に遭ってし

まい、一時は長男の家族だけの不幸に弟妹たちとの間に目には見えない膜（まく）のようなものが出来、言いたいことも言えない雰囲気になったこともあったがそれは数矢と百合奈の取越し苦労とも言えた。災害にあった当初はなぜ自分の家族だけがと阿喜良は神を呪ったこともあったが、徐々にこれは誰のせいでもない、これは彼に与えられた試練であり運命であると考えられるようになってはいたがそうは思いながらも彼は切なかった。確かにあの後彼は悶々とした夜をどれだけ過ごしたか分からないがあれから七年が経ったというのに彼にとってこの七年の記憶は何とも曖昧だ。こうして自分が死ぬこともなく七年の日々をやり過ごしてきたのが何とも不思議だった。思い返してみると彼はただ機械的に日常の決まり事をこなし無味乾燥の食事をしてあとはただ寝るだけだったような気もする。

一緒に暮らす母親の素都久のことも気になってはいたものの通り一遍の言葉を掛けるだけでそれ以上の気が回るようなことはしてこなかったし、実際そんな余裕を彼が持てるはずもなかった。素都久はそれまでと同じように笑顔を見せ外にも良く出掛けてはいたようなので彼は母が元気だと勝手に思いこんでいたがしかし母親はかなり前から体調はすぐれなかったのかもしれない。いくら自分が無気力な日々を送っていたとはいえ、ずっと年上の母をもう少し気に掛けてあげるべきだった。地獄を味わった母も自分も、それ以上傷つけ合うのが怖くてお互いを労わり過ぎていたのかもしれなかった。

「おふくろ、ごめんな」

新しい線香に小さくなった線香で継ぎ火をする彼の目は瞬きを繰り返す。

四つの部屋の襖を取り外した大広間から渡り廊下で繋がれたその八畳の部屋に祭壇が設けられ、その前に置かれた棺に素都久は眠っている。東北の一戸建ての家屋の冷気は決して都会の人には分からない常軌を逸したもので襖は閉めているもののストーブが一つだけのその部屋は地の底から寒さが突き上げてくるようでお世辞にも快適とは言えない。彼は肩にかけていた毛布を手繰り寄せると一層強く体に巻きつけた。

その時二階から誰かが降りてくる階段の軋みがかすかに響く。腕時計を見ると既に午前三時を回っている。極月(ごくげつ)の寒さに目が覚めた泊り客がトイレにでも行くのだろうか。その軋みは祭壇を設えた阿喜良のいる部屋の前を通り過ぎていったがトイレを出たその人は次にキッチンに行き水を飲むためなのか蛇口をひねった。やがてガラスコップの触れ合う音がしてコップが流しに置かれる気配がするとそれと同時に深い吐息が伝わってきた。

この家の間取りを熟知しているような一連の行動に、叔母さんがどうやら寝付けないままに一階に下りてきたようだと彼は考える。それならキッチンよりは少しは暖かいこの部屋で一晩中母の話でもしようかと彼は叔母に声を掛けるために立ち上がった。

「あのぉ」

叔母とは違う若い女の声が襖の向こうでした。

「入っていいでしょうか」

女は律儀に寒い廊下に立ったままだ。

「どうぞ、そんなところに立っていると風邪を引くから早く中に入って」

パジャマの上に淡いブルーのオーバーを羽織った若い女が青ざめた顔を襖から覗かせた。

彼はすっかり忘れていた通夜の席にいた赤いワンピースの女を思い出し、部屋に早く入るようにと手招きをする。女はうす紫の小花をあしらったネルのパジャマを着てその上にオーバーを羽織っているが、眠り込んでいる女をワンピースのまま寝かせる訳にはいかないと思った叔母がタンスにあった素都久のパジャマを彼女に適当に着せたのだろう。

「すみません。ご迷惑をかけてしまって」

女は畳に正座をすると深々と頭を下げた。阿喜良はこの女が慣れた足取りでトイレに行きその足でさも勝手知ったようにキッチンに行き水を飲む一連の様子を思い返し訝しく思っていた。家の各所には暗闇の中でも躓かないように小さな常備灯を点けてはいるものの、薄暗い中での女のあれだけの迷いのない行動はどういうことなのだろう。その無駄のない行動からてっきり叔母が寝られずに起き出してきたものと思っていた彼は訝しく思うばかりだ。

「お腹空いているんじゃないか？」

大広間のテーブルに突っ伏した女の前に置かれた食べ物が全く手つかずになっていたのを見ていた彼は彼女にそう声を掛けた。

「いえ、大丈夫です」

確かに叔母の言う通り目の前の女は成熟どころか頼りないまだ中学生のようにも思える。

「家に帰らなくて大丈夫だったの？　家に連絡もしていないんでしょ？」

彼女は下を向いたままこくんと頷いた。あまりにも泣いたためかマスカラーは両目とも剥げ落ち頬をマスカラーの薄墨の線が走っている。鼻をかみ過ぎたせいか彼女の鼻先がかすかにピンクに染まり顔全体が浮腫んだようになっているが高い鼻梁と意志の強そうな黒目勝ちの目から阿喜良は目の前の少女がかなりの美少女だと思った。

素都久が死んだことに対してこの少女はなぜこれほどまで感情を昂ぶらせているのだろう。母親と少女はどう計算しても六十近く年の開きがあるに違いない。母親がいくら外向的であったとしても子どもと言っても良いこの少女と心を通わせ、またこの少女がこれほど迄に母の死を嘆き悲しむのはどういうことなのだろう。母親とこの少女に深い心の結びつきがあるとしたならばそれは全く彼の想像の外だ。

「母はあなたに迷惑をかけていたのではないですか？」

素都久の遺影を見つめていた少女はとんでもないというように大きく首を振る。

「素都ちゃん、いいえ、素都さんはそんなことはしません。迷惑をかけていたのは私です」

少女は彼の想像を非難するように腫れぼったい目を向ける。

「阿喜良さん…ですか？」

自分の名前が少女の口から出たことに彼は驚き少女の顔を凝視した。

「阿喜良さんのことは素都さんから聞いています」

「えっ？　僕はおふくろから一度としてあなたの話なんか聞いたことはないよ」

「そうでしょうね。阿喜良はあの震災があった日から…そう、七年間ずっと心ここにあらずだと素都さんは話していました。だから素都さんは私のことも含めてどんなことも気を遣って阿喜良さんに話さなかったのでしょうね」

「……」

「阿喜良さんがあの時から何ごとにも興味を失って内向きにならざるを得なかったことも素都さんは十分理解していました。でもそう思いながらも素都さんはきっと淋しかったんじゃないかと思います」

素都久が亡くなってから三日が経ち、母はいつも明るく振る舞っていたがきっと母も淋しかったに違いないとこの二、三日で彼はやっと気がついたばかりだった。

「すみません」

彼はなぜか分からないまま少女に頭を下げていた。

「素都さんは自分のことよりもね、阿喜良さんがあの日からこの世とあの世の境目で夢遊病者のように立ち尽くしている状態が続いているのが心配で仕方がなかったのですよ」

「…」

「神様は若い嫁と二人の孫の代わりにどうして年老いた私の方を連れて行かなかったのか…素都さんは来る日も来る日も神様を恨んで泣いたそうです。阿喜良さんは素都さんが何度も自殺をしようとしたのを知っていますか？　一度でも気付いたことがありましたか？」

彼は少女から唐突にそう言われて、自分の記憶の中にこの七年間の出来事がすっぽりと抜け落ちているのに驚かされた。

「たとえば大震災があった八か月後、冬の始めの頃に隣の山越さんのお家で素都さんと二人ですき焼きをご馳走になったことがあったでしょう？」

彼の頭は忘れていた過去を懸命に手繰り寄せている。

「あゝ、そういえば確かそんなことがあったような…」

「そうなのよね。素都さんは息子のあんな楽しそうな顔を久し振りで見たと言っていたけど、そんな時にもやはり阿喜良さんの心はここにあらずの状況だったのよね」

「…」

「あの日、日の落ちた暗い坂道を下りてきた素都さんを丁度車で上って来た山越夫婦が見たんですって。脇目も振らずにただひたすら歩いていたその時の素都さんが何を考えていたか分かりますか？　素都さんは死ぬためにあの暗くて寒い坂道をカーディガン一枚の格好で歩いていたのですよ。普通なら十一月のあの寒さに薄いカーディガン一枚でと思いますが、死ぬ覚悟の素都さんは既に寒さも感じなくなっていたのでしょうね」

阿喜良の目が丸く見開かれ、彼の顔が徐々に崩れていった。その見知らぬ娘の言うことを聞いているうちに彼の心は張り裂けんばかりになっている。この七年間を振り返ってみて自分は何と母親のことを蔑ろにしていたのかと思い、彼の胸はきりきりと痛み続けた。

「素都さんがどれ程辛い七年間を過ごしていたのかあなたはこれっぽっちも考えていなかったでしょうね」

クーは三十も年の離れた阿喜良をあなたと名指して攻め立てるが彼はその非礼に対してもひと言も言えないでいた。

「素都さんは今回自分がこのような亡くなり方をしたことを一番喜んでいるのではないでしょうか。だって泣きたいのに泣くことも出来ず食欲もないのに無理矢理食べなければならず、死にたいのに死ぬことも出来ずにいたのがやっと無理をしなくても良くなったのですもの」

「すみません」

阿喜良はやはり何も言えずただ頭を下げることしか出来ない。しかし彼は頭を垂れながらそれにしてもと考える。この辛辣な言葉を自分に向けて言い募る幼いともいえるこの少女はいったい何者なんだと。

素都久の線香の見守りで徹夜をした阿喜良の頭は鈍く重い。キッチンでは食器の軽く触れ合う音がしてそれに混じって話し合う女たちの声がしている。そして味噌汁の香りが彼のいる部屋にまで漂ってきている。

彼は母の遺影に目をやると新しい線香に火を点けた。遺影に向かって手を合わせたまま彼は暫く母親に何かを語りかけていたがやがてのろのろと立ち上がると話声のするキッチンに顔を出した。

「おはようございます。昨夜はありがとうございました」

阿喜良の声に朝食の支度をしていた安代叔母と昨夜の赤いワンピースの正体不明の少女が同時に顔を上げた。菜箸を持った少女は安代叔母からそこいらにある素都久の洋服を借りたのかグレーのセーターにチェックのパンツを穿いている。素都久の着ていた地味な洋服でもその少女が着ると何とも洒落た着こなしになっている。

あなたは何も分かっていないと彼を強く非難した昨夜の少女が朝になっても帰らずに、今は穏やかな顔をして安代叔母の手伝いをしているのを阿喜良は不審に思うでもなく彼女に軽く会釈をした。そしてテーブルの上に載っている新聞を手にとるといつもの場所に腰を下ろしたがしかし新聞を読む気にもなれず、彼は新聞の見出しだけを拾い読みして落ち着かない気持ちで庭に下り立った。

家の周りをぐるりと囲んだ庭には四季折々の野菜や花々が植えられ、妻の満代と素都久が丹精をこめて育てていたが震災で満代が亡くなったあとも素都久はひとりでその作業を続けていた。それまでは収穫した大量の野菜や果物は一家六人の胃袋に気持ち良いほど消えていったが、家族が二人になってしまった今はとても消化しきれず、そのほとんどを近所の人たちに配っている。家族は二人になってしまったのだから作付けも少なくすればよいものを、素都久はそうすることが辛いのかいつまでも従来通りの作付けを続けている。

仙台のこの地域では通夜、告別式を自宅で執り行う風習もまだ残っており、阿喜良も近所の人の不祝儀に何度となく駆り出されていたが、今日の午前十一時から始まる素都久の告別式にもあと一時間もすると近所の人々が手伝いに来てくれるはずだ。

葬儀が終わり親戚と近所の人たち二十人ほどが小型バスに乗り込むと火葬場に向かった。そしてお骨上げまでの間にお清めの食事が出されそしてその後は場所を変えて初七日が執り行われ一連の儀式は滞りなく終了した。

素都久は小さな骨壺に入り阿喜良の腕に抱かれている。彼はこれから先の長い年月を一人で生きていかなくてはならないのだと考えた時、今まで味わったことのない深い悲しみが容赦なく押し寄せ彼は寂寞(せきばく)とした荒野に一人放り出されてしまった気がしている。妻と二人の子どもそして父親を亡くしたあの日から七年、自分だけの殻に閉じこもり考えることを停止し、それを甘受してきたばかりに結果として何と無駄に時を過ごしてきてしまったのかと今更ながら彼は忸怩たる思いに囚われている。

「ねえ、私、今日は阿喜ちゃんの所に泊まろう思うの」

彼の落胆ぶりを心配する叔母は、骨壺を抱いて自分の前を覚束ない足取りで歩いていく甥を見ながら夫に囁いたがしかし五、六歩進んだところで今度は明確に断言した。

「ううん、暫く私は姉さんの家に泊まるべきだわ」

「ああ、確かにそうした方がいいみたいだ」

夫の山形孝太郎(やまがたこうたろう)もよろよろと前を歩いている阿喜良を見て大きく頷く。

火葬場まで来てくれた人を最寄りのＪＲの駅まで送ると残りの十二、三人がとりあえず阿喜良の家に戻ることになった。先頭に立った安代叔母が玄関を開けると彼女はまず両手のふさがった阿喜良を中に入れる。その後を隣の山越夫妻など近所の人たちが入ってきたがその時長い廊下をパタパタと走る音がしたかと思うと、ゴム手袋に雑巾を持った前夜の正体不明のあの少女がやってきた。彼女は玄関に立っている大勢の人に驚いた様子を見せたが軽く頭を下げると労いの言葉をかけた。

「お疲れ様でした。お茶の準備をしてあります」

彼女の言葉はここに何年も住んでいるような歯切れの良さだ。

「ありがとう。何だかすっかり綺麗にしてもらったみたいね」

安代叔母はその少女がそこにいるのは当然とばかりの優しい笑顔を見せるが、もしかしたら叔母は誰も家にいなくなるので悪いけれど少しの間留守番をしていてちょうだいねとでも彼女に頼んだのかもしれない。少女は手際よく人数分の日本茶と菓子を用意すると居間に運び静かにその場を離れた。それからの小一時間をそこで寛いだ人たちは阿喜良に労わりの言葉を残すとそれぞれに自分の家に帰って行った。

「兄さん、大変だろうけれどあまり気を落とさないでね。また連絡するわ」

「あゝ、叔母さんには時々来てもらうから大丈夫だ」

「兄貴、落ち着いたら一度ゆっくり飲もうよ」

「ん、そのうち連絡するよ。数矢も百合奈も同じ宮城県にいるというのにこれだけ離れているとなかなか会えないよな」

数矢も百合奈もあの震災以来、阿喜良の顔を見るのが辛く実家から足が遠のいていたのだが、図らずも母親の葬儀で三人は実に七年ぶりに顔を合わせたのだ。

「でも兄さんが思っていたより元気なのでほっとしているわ」

数矢と百合奈は兄の顔を見たことで肩の荷が下りた気がしている。

岩手県に近い気仙沼にそれぞれ住む数矢と百合奈の家族は二台の車に乗り込むと暗い夜道を連れ立って帰って行った。

――素都さん、素都さんが離れ離れになっていた兄弟妹三人をまた会わせたのよね。こんな形でしか三人は会えなかったけれど、でも良かったわね――

クーは二台の車のテールランプが見えなくなるまでその場に立ち尽くしていた。

「あなたがクーちゃん?」

二台の車を見送るクーにそう声を掛けてきたのは隣に住む山越晃代だ。彼女に寄り添った史郎が妻の言葉に笑顔を見せると傍にいた阿喜良も頷いている。

「山越史郎さんと晃代さんですね」

クーも素都久から聞いていた隣に住む二人の名前を口にする。

「素都さんはクーちゃんのことを大事なお友だちだと言っていたけれど、何だか分かるような気がする。素都さんは良く言っていたわ。クーちゃんは幸運を背負って生まれてきたような娘だからこれからはすべてがいい方向にいくわよって」

「おふくろがそんなことを?」

「そうなの。素都さんがなぜそのようなことを言うのか良く分からなかったけれど、とにかく素都さんはクーちゃんが大好きだったみたいね」

泣き出さないように唇を噛んでいたクーは何も言えずにただ二人に黙って頭を下げた。

山越夫妻を見送った阿喜良とクーは叔母夫婦だけになった居間に戻った。

「簡単ですが夕食を作ってありますがどうしますか」

「わーっ、ありがとう。何か取ろうかと考えていたところなの。助かるわ」

不思議なことにそこにいる誰もがその素性の分からない少女がそこにいることに何の違和感も持っていないようだ。安代叔母は空になったポットを持つと、いそいそと少女と一緒にキッチンに向かった。

葬儀の翌日から彼は工房に入り仕事に戻っている。それは年明け早々に納品しなければならない注文が入っていたからだが、それは悲しみに打ちひしがれている彼にとってはありがたいことだ。忙しく動き回ることは彼にとって現実を忘れられ却って気持ちの切り替えが円滑に出来ることになるだろう。彼は二週間のほとんどを徹夜で仕事をこなして昨日までに〆（しめ）焼きをしたすべてに釉（うわぐすり）を掛け終えたのであとは窯に入れる作業だけだ。そして翌日は朝から窯に火を入れ丸一日半かけて焼き上げた物のうち五、六の作品を除いたほとんどは彼が満足できるものに仕上がった。母が亡くなったことで中断していた仕事を何とかやり終え肩の荷が下りた彼は今心地よい疲労感の中にいる。

素都久の葬式が終わって二週間が経ったが母を失った阿喜良の喪失感は彼が想像していた以上に深く重い。彼にとって親というものは必ず子供より先に逝くものだという思いはあった。だからこそ摂理に反しない母親の死は素直に納得できるはずだと思っていたのだがやはりその重さは苦しいばかりだ。母親が亡くなってから初めて母親の気持ちを慮（おもんぱか）るようになった状態の今の彼の心もちは後悔ばかりが沸き上がっている。

「阿喜ちゃん、私、一度家に帰ってこようと思うの。姉さんが突然死んでしまって阿喜ちゃんがどうなることかと心配したけれど、この二週間で何とか大丈夫と思えるようになったし、放りっぱなしにしているうちの人のこともちょっと気掛かりだから」

叔母の安代は庭に下りると植木に水やりをしている阿喜良に声をかけた。

「すみません、叔母さん。本当にご心配をお掛けしました。叔母さんがこの二週間傍にいてくれたお蔭でどれほど心強かったか。あの後一人でこの広い家にいたとしたら気が変になっていたかもしれない。本当に有難うございました」

「ちょくちょくこれからも顔を出すし、一人で手に負えないことがあったら遠慮しないでいつでも電話してきてちょうだいね」

「叔母さん、おふくろが生きている時、僕は自分のことだけしか考えていなかった。実際のところこの七年間僕も死ぬことだけを考えていた。僕が死んだ後に残されたおふくろのことなど全く思い及ばず辛いのは自分だけだと思いあがった考えを持っていた。しかしおふくろを亡くしてみてどうしておふくろの残された命をもっと慈しまなかったのかと初めて自分の不甲斐なさに切歯扼腕の思いがしている」

俯いた彼の顔から流れ落ちた涙がズボンに小さなしみを作った。

「この七年間の阿喜ちゃんの苦しさや辛さは誰にも理解できない凄まじいものだったと思う。誰がどんな慰めの言葉を言ったとしても阿喜ちゃんにはすべてが白々しく聞こえるだけだと思ったし、私たちもそれが分かっていたから今まで慰めの言葉なんか掛けることは出来なかった。私がここにあまり顔を出さなかったのもそういうことがあったからだけど、姉さんとは良く外で会っていたのよ」

「うん、叔母さんたちの心遣いは分かっていたさ。でも僕はもう一方で、誰も僕の心の中なんか分かるはずはない、分かってたまるものかという変な感情なのだがある種の優越感のような思いがあったんだ。どうだ、僕は家族を四人も亡くしたんだぞ。お前の所なんか一人じゃないか、どうってことないよとね。今思えば恥ずかしい限りなのだが僕の頭はそれほどにおかしくなってしまっていたんだ」

「……」

「でも今回おふくろを亡くしてやっと気が付いた。残されたものは残された者としての使命を全うしなければいけないとね。これから僕はあちら側の世界に気持ちを預けるのではなくて、おやじ、満代、和人そしてまだ見つかってはいない明日実の分迄生きていかなければいけないのだと」

「そうよ、ええ、そうなのよ」

叔母は目を瞬かせると大きく鼻を啜りあげた。叔母を見つめる彼の目は既に力強い光を放ち全く迷いがない。彼は深々と頭を下げると感極まった息を吐いた。鼻を啜りあげていた叔母はその時突如何かを思い出したのか小さな声になった。

「あっ、それから阿喜ちゃん。お通夜の日からずっとここに居るあの女の子ね、もう暫くここに居させてあげてくれる？」

「あゝ、あの子…ね。あの子は誰なの？」

阿喜良も叔母と同じ囁き声になると、クーが朝食の後片付けをしているであろうキッチンの方を透き見する。

「うん、阿喜ちゃんが工房に入っている間に一応のことは聞いてみたのだけれどね、いろいろ複雑な事情があるみたいなの。姉さんの通夜のあの日も東京に家出をするつもりだったんだそうよ。でも東京に行く前に唯一のお友だち『素都ちゃん』にだけはお別れを言いたいと思ってやって来たらしいの。あの子は一週間前にもこの家に来て姉さんと二人で食事をしたばかりで、それがここに来たら大勢の人が出たり入ったりして姉さんのお通夜の準備をしているのを見て気が動転してしまったということらしいの」

「確かにあれから二週間が経って、彼女のお蔭で家の中もずいぶん綺麗になって有難いとは思っているんだが、あの子はあれから家にも戻らずずっとここに居るのはどうして？」

「お葬式が終わって三日目だったかしら、あの子は帰るって言ったのだけど私の一存で暫くここに居なさいって引き留めたの。だって帰ると言ったってあの子はどこに帰ろうとしているのか、訳ありの家に戻るということなのかそれとも東京に行くということなのか分からないわ。東京には一人も知り合いがいないみたいだし、家にいるのが嫌で家出をしてきたのにまた家に戻っても地獄になるだけでしょ？　だからとにかくあの子をここから行かせてしまったらとんでもないことになるんじゃないかと心配だったのよ」

叔母は自分の一存で勝手なことをしてしまってと頭を下げる。

「いや、叔母さん、ごめん。僕はあの子のそういった事情を全く知らなかったものだからどうして帰らないのかと思っただけで…」

「お通夜の時、阿喜ちゃんはあの子がスーツケースを持っているのを見て家出をしてきたんじゃないのって言っていたけど全くその通りだったのよ」

「そうだったのか。それにしてもあの子まだ幼い感じがするけれどいったい幾つなの?」

「去年の八月に十六歳になったって。それに名前もクーなんてふざけたことを言うのよ」

「クー? なんだ、それ」

「親はあの子に幸代という名前をつけたのだけれど、幸せじゃない自分には空虚のクー、空っぽのクーこそが相応しい名前だと考えて、九つの時からその名前を使っているんですって」

「…」

「クーちゃんは今のところ自分の生い立ちを話そうとしないのだけれど、何かよほど辛い過去があるみたいよ」

「ふーん、苗字の方は何て言うの?」

「赤沢とは言っているのだけれど、それも本当かどうかも分からないわね」

「十六歳といったら当然いま高校生だよな」

「それがね、学校には行ってないんですって。でも学校に行ってないにしては驚くぐらい博識で私もこの年になってあの子にいろいろ教えられることがあるの。でもそれはそれとしてとにかくあの子にはどうしても家を出なければならない事情があったってことらしいわ」

「しかし子どもが家を出たいというのに、彼女の親はいったい何を考えているのだろう」

「親御さんが心配して捜索願を出しているかもしれない、だから電話をしておいたほうがいいんじゃないのと私は言ったのだけど、あの子はちゃんと書き置きをしてきたし、親が捜索願を出すことなんか絶対有り得ないって自信たっぷりに断言するのよ」

「子どもが家出をしたというのに書き置きだけで親は心配しないということなのか？」

「親子の間でよっぽどの確執があるということなのかしらね」

「ん、住んでいるのはどこなの？」

「それも言わないし、仮に言ったとしてもはたしてそれが本当かどうか…」

阿喜良は困惑した様子で叔母の顔を上目遣いに見つめる。

「何だかややこしいことに巻き込まれちゃったな」

「協力してあげなさいよ。あの子は姉さんとも相当親しかったみたいだし、どこにも居場所がないあの子がここにいることを望むのなら姉さんもきっと喜ぶはずよ」

「なんたっておふくろを《素都ちゃん》なんて呼ぶ仲なんだものな。驚いたよ」

二人は当惑したような笑いを漏らす。

「ねえ、もしかしたら姉さんはあの子と明日実ちゃんをだぶらせていたんじゃないかしらね。明日実ちゃんもあの災害に巻き込まれなければ丁度あの子と同じくらいの年になるわ」

彼は大きく何度も頷くと天を仰いだ。

翌日彼は車で最寄りの警察署に少女の家族から捜索願が出ていないかを確認するために出

掛けた。彼女の身元が判明したとしたら一応親御さんには彼の家にいる経緯を報告しなくてはならない義務があるだろうが場合によっては家族関係の修復にも首を突っ込まざるを得なくなるかもしれない。

「面倒なことになったなあ」

しかしクーとは血の繋がりもない赤の他人である彼が、クーに対する捜索願が出ているか調べて欲しいなどと警察に言えるはずもない。赤沢幸代と名乗る十六歳の少女が二週間前から我が家にいるのだがどうしたものでしょうかなどと言ったとしたらどうだろう。警察は当然のこと彼を未成年者略取として疑うだろうし最悪の場合は逮捕されるかもしれない。そこまで考えると彼のやろうとしていることには無理があった。彼は一旦その場を離れると車を走らせ町中をぐるぐる回りながら最良の策を考えるが何も浮かばないままに最初の警察署の近くにまた戻って来た。遠くからその建物を眺めながら暫く考えていたものの結局何も出来ないままその日は自宅に帰ってきてしまった。

尋ね人としてクーの映像をネットにアップするのはどうだろう。当然彼女を知っている人からの反応はあるだろうから本名も住まいも分かるに違いない。だが彼女の言う通り家族が彼女の失踪にも無関心で彼女が家を出なくてはならない必然性があるのだとしたら、彼女を親元に返すことに何の意味があるだろう。十六歳にもなっているのだから、こちらがとやかく言うより彼女が自ら最善の方法をそのうち見つけるに違いないと彼は思う。

丘の上の戸沢家に住み始めてからのクーの毎日は忙しいが充実している。実際のところ彼女は生まれてからこれまでの十六年間、誰かのためになにかをしたこともされたこともなかったが、それはとりもなおさず彼女が誰からも必要とされなかったということなのだろう。だが今の彼女は毎朝六時半に起床し、前の晩に洗っておいたお米をまず炊飯器にかけ朝食の準備に取り掛かることから始まる。

七歳の時に彼女は精神が不安定になりほとんど食事が出来ない状態になったが、その時彼女は夢の中で昔世話になった石坂のおばちゃんに《食べることを疎かにしてはいけない》と叱られた。それ以来彼女は夢の中でおばちゃんと約束をした《明日からはちゃんと自分でお料理を作ります。栄養のあるものを一杯食べます。幸代はおバカじゃないです》の事柄をずっと守り続けてきた。九年間続いたその約束は今も続き今や彼女の料理のレパートリーは中華、フランス料理、イタリア料理と多岐にわたっているが、しかし当時はクーの作った料理に母親はほとんど関心を示さなかった。だがクーにとって料理を作り、それを食べ、食べられることに感謝する毎日はすなわち自分の為だったので母親が彼女の料理を残すのもさほど気にならなかった。しかし今彼女は初めて人の為に何かをすることの歓びを感じている。

七時十五分に起きてくる阿喜良の為に彼女は腕を振るって料理するが、彼女はその料理をテーブルに彩りよく並べるだけで彼と共に食事をすることはない。彼女が食事をするのは食事を終えた阿喜良が居間に移ってからだ。彼は自分ひとりだけが食事をすることに居心地の悪さを感じ、クーちゃんも一緒に食べようよと言ってみるのだが彼女は遠回しに拒否し続け未だに一緒の席に座ったことがない。

一事が万事、彼女は他人とのコミュニケーションの取り方が不得手のようで誰かが来たとしても用件以外のことには敢えて関わろうとしない。確かに十六歳の少女が中年女性のように訪問客に愛想のひとつなど言える訳もないのは分かっていたが、彼女にはそれとはまた違った世間慣れしていない部分があるようだ。彼女の人との関わり方の稚拙さから想像して、彼は彼女の家族というものに思いを巡らさないわけにはいかない。内気な彼女はこのままの状態でそっと見守っているのが一番ベターなことかもしれない。一時の感情で彼女は今回の家出という行動を起こしたのかもしれないしそうだとすればある期間がくれば彼女の気持ちも沈静化する可能性は大いにある。今回のことも感情の起伏に流されるこの年代にありがちな行動だとしたら熱が冷めるのを静かに待つのが賢明かも知れない。そう考えた阿喜良はもう暫く何事も起こさずにこの生活を続けることにしようと考えた。

安代叔母は謎めいた少女、クーのことが気になって仕方がない。ちょくちょく顔を出すわねと約束した通り彼女が二、三日おきに戸沢家に顔を出すのも、甥のことよりもむしろ赤の他人のクーのためといったほうが良いかもしれない。クーも安代にはすっかり気を許しているようで、彼女が来た気配を察すると何はさておきやりかけの仕事を放り出しても飛んでくる。そして彼女にまとわりつくと身振り手振りで話したりしているのは、彼女が素都久の妹だという安心感からくるものかもしれない。実際彼女は素都久に関することならどのようなことでも安代から聞きたがった。

「安代おばさんと素都さんは私くらいの年齢の頃は何をして遊んでいたのですか？」

「素都さんは勉強もできて外交的で、私には憧れのお姉ちゃんだったから私はいつも後を追いかけていたわ」

「ふーん、いいなあ」

「クーちゃんは、お兄ちゃんかお姉ちゃんはいないの？」

「うん、いないと思う」

「思う？　だって一緒に住んでいるのは誰と誰なの？」

安代はクーに対する手がかりを見つけ出そうと探りを入れてみる。

「三か月前くらいから知らないお兄さんがいる」

「その人は血の繋がった本当のお兄さんではなくて？」

「そう」

安代には何が何だか分からない。

「お父さんはそのお兄さんが一緒に住むことに賛成しているんでしょ?」

「ううん、お父さんはいないの」

「えっ、そうなの。でもお母さんは賛成しているんでしょ?」

確かにクーが言っているように、子どもが家を出ても家族は捜索願も出さないような複雑な家庭環境に彼女はいるようだ。

クーすなわち赤沢幸代の捜索願が出されているかを確認するために、甥の阿喜良が警察署にやっと行って来たことを叔母に話したのは三日前のことだ。

彼はクーのことに関しては暫く様子を見るつもりでいたのだが、彼女の戸沢家への滞在が二か月を過ぎるとやはり警察に行かなければと思うようになったものの、彼は二度目も警察署の前で行ったり来たりを繰り返し入ることが出来たのは三度目のことで、クーが戸沢家に来てから三か月になろうとしていた。

自分は赤沢幸代という十六歳の少女の叔父ですが、姪が三か月ほど前から家出をしているのに家族が捜索願を出していないようなのでと彼は話を切り出した。

「家族は出したと言っているのですがなにしろ子どもの教育には全く無関心な家で、もし未提出なら何とか出すように説得をしなければと思うので、出ているかどうか調べて…」

悲壮な顔をする彼に窓口の警察官は何の違和感も持たず親切にアドバイスをしてくれる。

「この頃は子供に関心のないそういう親がよくいるのですよね」

そう言いながら警察官は目の前のパソコンに向かうと何かを検索していたが、二、三分もすると首を振りながら彼の前に立った。

「県内では今の時点ではその名前で捜索願は出ていませんね。念のために身元不明の死亡者も探しましたがその年齢の該当者は見当りませんね。こちらでも捜索願を出してもらわないと動こうにも動けないので、そのご家族に捜索願を出すように説得して頂けませんか」

「分かりました、必ず説得してからまた来ます」

やはりクーの言った通り彼女は複雑な家庭環境にあるようだ。予期していたもののさてどうしたものだろうと阿喜良が安代にその顛末を打ち明けてから三日が経っている。

「クーちゃん、ちょっとそこに座って頂戴」

読み終えた新聞をビニール紐で束ねているクーに安代は声を掛ける。

「実はね、阿喜良がこの間警察に行って赤沢幸代という名前で捜索願が出ているか調べてきたんですって」

クーは一瞬驚いた様子を見せたが黙ったままその黒目勝ちの目を伏せた。

「以前私が家族も心配して捜索願を出しているかも知れないと言った時、クーちゃんは出すはずないとそれを否定したけれど、クーちゃんの言う通りやはり出ていなかったんですって」

　クーは組み合わせた両手を膝の上で固く握ったままなおも黙り込んでいる。

「阿喜良はもしかしたらクーちゃんが言っていることは全部嘘なんじゃないかと言っているの。十六歳という年齢も名前も…」

「そんなことはない」

　クーの声は小さかったがその目は安代を真っ直ぐ見つめる。安代もまたクーの目を見つめ返すがクーのその目には涙が溜まっている。

「クーちゃんと知り合って三か月になるけれど、クーちゃんがその若さでは耐えられないほどの重い荷物を背負っているのは私にも分かる。でもその重い荷物をこれから先もクーちゃんは一人でずっと背負っていくつもりなの？　クーちゃんはそれで良いの？」

「…」

「ねっ、苦しい時は大声で苦しいって叫び、泣きたいときは我慢しないで思い切り泣いたほうがいいのよ」

「素都久さんを素都さんと呼んだように、安代おばさんを安（やす）さんと呼んでもいいですか？」

　安代は思わずクーを引き寄せると思い切り抱きしめた。

「いいわよ、いいわよ。安さんでもヤっちゃんでも何とでも呼んでいいわよ」

安代の腕の中で頑なだったクーの心は優しく解れていく。

「本当なんです。私の名前は赤沢幸代で十六歳なのは間違いないんです」

この期に及んでのクーの言いぐさに安代は鼻白む。

「クーちゃん、あのねぇ」

安代の問いかけには答えずクーは口元に悲し気な微笑みを浮かべゆっくりと口を開いた。

「安さん…あのね、私は赤沢幸代で十六歳だと母親が言うからずっとそうだと思ってきたけれど、それを確認する戸籍がないんです」

「えっ？」

クーが言っていることを安代は即座には理解できない。

「戸籍って、戸籍謄本のあの戸籍？」

素都久にだけにしか打ち明けていなかったことを口にする羽目になってしまった彼女は感情が昂ぶったせいかその顔はみるみるピンクに染まっていった。

「良く分からないからもう一度訊くわね。戸籍がないということは無戸籍ということなの？クーちゃんが生まれた十六年前にご両親は出生届を役所に提出しなかったということなの？」

クーはしゃくりあげながら何度も頷く。

「しつこいようだけどもう一度訊くわね。無戸籍ということは、クーちゃんは今まで義務教育である小学校や中学校にも行っていなかったということ？」

クーは一層大きく頷く。

安代の頭の中は今目まぐるしく情報を収集しそして組み立てている。その収集した情報のひとつを彼女は明確に思い出す。

確か三、四年ほど前のことだ。会社も引退して悠々自適の生活に入っている山形安代夫婦は、その日もいつものように六時に起き間もなく彼らの朝食が始まろうとしていた。だがその時朝刊を読んでいた夫の孝太郎が何やらしきりに唸り声を上げている。

「なあ、日本には無戸籍の、いわゆる《存在しない》と言われている人が一万人以上いるんだってよ」

「えっ？　どういうことなんですか？」

お盆にのせた味噌汁を運びながら安代が夫の肩越しに新聞を覗き見ると、大きな字で書かれた紙面には《存在しない人たちの未来》とあった。

「結婚生活の破綻や婚外での望まぬ妊娠をした人などが、産んでも出生届を出さなかった、いや出せなかった結果、この日本には無戸籍の人たちが一万人以上もいるってことなんだよ」

「一万人以上も？」

「うん、酷い話だな。私たちがもう少し若ければ何人かは引き取ってもいいんだけれどな」

「これ以上もういいてすよ」

子供が好きな安代は五人の子供を産み育てそして今は孫とひ孫も交えて山形家は三十人近い一族になっている。

「まあ、我が家もこの年齢でこれから子育ては大変だしな、今まで通りにそれなりの団体に寄付をさせてもらうことで勘弁願おうか」

「そうしてくださいよ。お願いしますよ」

安代が笑いながら夫に頭を下げやっと食事が始まったのだが、彼女はその朝の夫と話した無戸籍の人たちのことを今思い出している。

安代は一つの事象として聞き流していたあのニュースが、実はとんでもない問題提起だったのだということが理解できた。今、目の前にいるこの溌剌とした美少女が実はその問題の渦中にいようとは驚くばかりだ。無戸籍ということは当然義務教育も受けていないということになるが、クーが最初に素都久の通夜でこの家にやってきた時、彼女は確か学校には行っていないと言っていた。その時、安代と阿喜良はその少女が不登校かあるいはとんでもない不祥事を起こして学校を退学させられ、やむを得ず高校生活を送れない状況にいるものだとばかり思っていたが、彼女は不祥事で退学どころか文字通り学校というところに今まで行ったことがなかったのだ。しかし安代は不思議だった。クーが小学校にも行っていないどころかかなりの学識があるのはここに住み始めてすぐに分かっていたからだ。安代がクーに中学二年になる孫の話をしている時にこんなことがあった。

「中学二年の女の子の孫がね、今度学校で万葉集を習い始めたんですって。今の子は早熟というかあの時代の結婚とか恋愛の作法などを私にいろいろ聞いてくるのよね。こちらが顔を赤らめるようなこともズバズバと…。ほんの少し前は子供だったのにいつの間にかそういうことに興味を持つ年頃に成長したということなんでしょうけど、あの子を見ていると青春真っただ中なんだと思うわ。額田王にことに興味を引かれたみたいで、あの有名な恋の歌を引き合いに時代背景も説明しながら歌の意味を解説したんだけれど。ほら、何て言ったかしら、あの歌…」

「あかねさす　紫野行き　標野行き　野守は見ずや　君が袖振る、ですか?」

クーはお鍋のシチューをかき混ぜながら事も無げに呟いた。安代はクーがことさらひけらかすでもなく淡々とそう口にしたと同時に、天武天皇の返歌も言ってのけたのには思わずクーを見つめてしまったほどだ。

「紫草のにほへる妹を　憎くあらば　人妻ゆゑに　われ恋ひめやも、がそれへの返歌ですよね。でもその天武天皇と天智天皇は実は兄弟ではなかったという説もあるんですってね」

その後も話の節々に彼女の知性が見えることがあり安代は益々分からなくなってきている。

しかし彼女が無戸籍であり今まで学校というところに一度として行ったことがないというのが本当だとすれば彼女はどこからそれらの知識を手に入れたのだろう。

人との接触が今ひとつ不得手なようなのが集団生活をしてこなかった証左にも確かに思えるが、しかし彼女は人との接し方を学習してこなかっただけで、もともとの性格は不愛想という訳ではなさそうだ。阿喜良もそれは感じているのか笑いながら叔母に話したことがある。

「クーちゃんって面白いね。あの子は僕と二人きりになると甚だ落ち着きが無くなり、なるべく僕に話しかけられないようにするためなのか何かと用事を作っては動き回っているんだ」

しかし人との接触が不得手な学校にも行っていない彼女が何故あれほどの知識を得ることが出来たのか、安代は疑問に思っていることを目の前で泣き続けるクーにぶつけてみる。

「ねっ、クーちゃんは小学校、中学校には行っていないはずなのにどうしてそんなにいろいろ知っているの？　同年代どころか大学生よりクーちゃんの方が何十倍も知識があるわ」

泣き腫らした目のクーは考えをまとめるようにちょっと首を傾げる。

「小さい時、近所の石坂安治さん、登志江さんというおじさんとおばさんがいろいろなことを教えてくれたんです。おじさんには勉強が大事だということ、そしておばさんには勉強の他に日常のしつけを、例えば言葉遣いやお裁縫やそしてお料理もいろいろ教えてもらったの」

「それでなのね、クーちゃんがあんなに手際よくお料理や家事仕事ができるのは」

　安代がクーの手際のよさに最初に驚いたのは、素都久のお骨上げのあと戸沢家に戻って来た時《簡単ですが夕食を作ってあります》と出してくれた食事のことだ。その味もさることながらその手際の良さに、子どものようなこの少女がどうしてと驚いた記憶がある。

「そして何といってもおじさんに図書館では本を借りられるということを教わったのが良かった。新潟に引っ越した七歳からの一人ぼっちの生活に本を読むことでどれだけ淋しい気持ちが紛れたか。昼間は母親が働いていたので、一日のほとんどを一人で過ごすことになった私は近くに図書館を見つけ、私にとってそこが同年代の子たちと話せる唯一の場所だったし、そこで貪るように本を読んで知識を吸収し、そして学ぶ面白さも知ったんです。だから石坂のおじさんとおばさんには今でも感謝してもし尽せないと思っているんです」

「そうだったのね。クーちゃんがいろいろなことを知っているのはそういう素敵な人が傍にいてくれたからなのね」

「でもね、安さん、国語とか社会とかは自分で勉強できたけれど、算数だけは自分一人では学習できなかった。安治さんにゼロの成り立ちや九九までは習ったのだけれど、丁度そこで学齢期になってしまったんです。そこの住所にそのままいると戸籍を持たないことが発覚するというので急遽引っ越すことになって算数は中途半端のまま終わってしまったの」

「じゃあ、新学期になるたびに新しい土地に引っ越しをしていたっていうこと？」

「そう、小さい頃はなんでこんなに引っ越しばかりするのか理解できなかったけれど、そのうちだんだん分かってきて…でも私にはどうすることもできなかった」

そんなに小さいうちからそんな過酷な重荷を背負わされさぞ辛かっただろうと思うと、安代の言葉も詰まる。

「安さん」

クーはおずおずと切り出した。

「私ね、小学生の算数を習いたいと思っているのですが教えてくれますか？」

十分過ぎるほどの知識を持っているクーがこれから小学生の算数を習おうとしていることに安代は何とも言えない痛々しさを感じ思わず頷いてしまう。

「素都さんは成績優秀だったから、素都さんがいれば喜んで教えたんでしょうけど、この間も話したように私は素都さんの後ろをただついて回っているだけの劣等生だったからね。だから私にはそんな大役は無理だけど、でも阿喜良は理数系が得意だから高校ぐらいまでの数学なら何とか教えられると思うわよ」

「本当ですか？」

クーは思わず姿勢を正す。

「あとで私から阿喜良に頼んでおいて上げるわ」

十六歳にして初めて小学生の算数を習い始める、だが大きな可能性を秘めたこのクーという子を何とかしなければと安代は心底思う。

それから間もなくして自転車に乗ったクーは夕飯の食材を買いに丘の下の商店街に出かけて行った。安代は暫く考えていたがやがて立ち上がると二つのマグカップに温め直した甘酒を注ぎ阿喜良の工房のドアをノックした。彼は仕事中に工房に誰かが入ってきて仕事が中断してしまうのを極度に嫌がり、安代もそれは承知していたのだが彼女はクーのために《善は急げ》と思うことにした。

「ちょっと話があるのだけれど今いいかしら?」

案の定中からは何の返事もない。彼は不機嫌そうに押し黙ったままだったが次の瞬間休憩に入っても良いと考え直したのかどうぞと答える。

「あのね、クーちゃんのことなんだけど」

工房の隅のテーブルにマグカップを置くと彼女は椅子に座った。

「クーちゃんのことって?」

安代は先ほど聞いたクーが無戸籍だという話を順序立てて話し始める。彼女がこれまでいかに過酷な十六年を過ごしてきたのか、そして彼女が今切実に小学生の算数から勉強したいと思っているので協力してやってくれないかと彼女は続ける。阿喜良は彼女の長々と続く話の合間に一言も口を挟まず最後まで聞くと大きく頷き分かったと一言呟いた。

「何かあるとは想像していたがそこまでとは思っていなかった。だから母親も失踪届けを出すに出せなかったという訳なんだな」

安代はクーからドサッと背負わされた重荷をすべて彼に話したことでいくらか肩の荷が軽くなった気がしている。

「じゃあ、私はこれで帰るからね。仕事を中断させてしまってごめんなさいね」

「いや、クーちゃんの事情が分かって良かったよ。僕は明日、あの子と一緒に本屋に…でも隣町の大きな本屋でなければ売ってないだろうがとにかく行って来るよ。そしてどこかで何か美味しいものでも食べさせて上げよう」

「そうしてあげて。あの子きっと喜ぶわ」

安代は甥っ子の優しい言葉に思わず声を詰まらせた。

翌日、朝食の支度をしながらもクーの気持ちはそぞろだ。それは昨夜夕食がすんでお茶を手にした阿喜良がリビングに移動している時に大声でこう言ったからだ。

「クーちゃん、明日は隣町の本屋に行くよ。そして小学校の四年生くらいからの算数の教科書を買おうね」

彼の大きな声にキッチンで何やら仕事をしていたクーの手が止まったかと思うと彼女は慌

てて彼の傍までやって来た。

「本当ですか?」

直立不動になった彼女は溢れんばかりの笑顔を見せた。

「そしてそのあとレストランで食事をするのだが、ここみたいに別々の場所で時間もずらして食べるなんてことは許さないよ」

彼女は未だに彼と食事をすることはなく、いつも彼が食事を済ませた後に一人で食事を取っている。彼にはクーがどうして人と食事ができないのかは疑問だったが、安代からクーの無戸籍の話を聞き、集団生活を送るどころか数人との交わりも覚束ないのがよく理解でき、クーの一連の行動がやっと腑に落ちたのだった。

若いクーがこれから先の人生を生きていくにはまず人との関係を築くことから始めなければならないだろう。それは誰とでも仲良くやっていくということではなく、心の通じ合う人を一人でも二人でもまず作らなくてはいけない。そのためにはまず彼女が誰かと一緒に緊張せずに食事が出来るようにならなければいけないだろうと彼は考えている。

助手席のクーは極度の緊張のためか膝に置かれた両手は固く握り締められたままだ。

「クーちゃんは丘の下のスーパーには行くけどゆっくり商店街などは見てはいないんでしょ」

「私は丘の上の景色だけで十分満足しているんです。だから商店街は見たいとも思わない」

「ふーん、でもなぜこの丘が好きなの？」

　このあたりには小高い丘が随所にあるのによりによって彼女がなぜこの丘にやって来たのか彼には興味があった。

「この丘に私が初めて来たのは今から九か月前だった。私が住んでいた町から自転車で二時間かけて来たのが丘の下のこの町だったのは全くの偶然でその時はきれいに整備された何かオモチャのようなカラフルな町だなって思ったのだけれど、後で素都さんにここが震災のあとに整備され新しく出来た町だということを聞きました。私はあの時新潟にいたので東北がこれほど酷いことになっていたとは想像もしていなかった。被害が少なかった新潟に暮らす人間にとって東日本のことはやはり他人事だったのですね。春風に任せておもちゃのような町並みを自分の将来のことなどを考えながら走っていたら目の前に小高い丘があってその坂の途中にはそれまでのカラフルな家とは違うやけに古めかしい家がポツンと見え新興住宅などは見飽きている私がこの丘に上ろうと思ったのは必然のことだったと思います」

　いつもは聞かれたことに簡潔に答えるだけのクーが、その時は身振り手振りで饒舌に話すのに彼は少しばかり驚いている。

「九か月前というと丁度桜が満開の季節だね」

　クーが彼のほうを見て頷くのが、運転している彼にも分かった。

「桜の季節といってももうほとんど散っていて、でもその時初めて素都さんと出会ったの」

彼としても母の素都久とこの少女がどこで知り合って、どのように親交を深めていったのか知りたいところでもある。

「おふくろが転んでクーちゃんが助けてくれたのが、丁度桜の木の下だったとか？」

「違うわ」

彼が素都久を揶揄（からか）っていると思ったのかクーはむきになる。

「坂を上って自転車で五分くらい走ると右側に雑貨屋さん、そして左側に小さな公園があるでしょ？」

雑貨屋は覚えているが彼にはその小さな公園とやらの記憶は曖昧だ。彼が黙ったままだったが彼女は構うことなく続ける。

「坂道を上ってきて汗をかいた私は雑貨屋に《ラムネあります》の幟をみてそこに入ったんです。そしてそこでラムネとあんパンとメロンパンを買ったんです」

彼がフフッと笑うとクーは不満そうに運転席の阿喜良を見つめる。

「いやあ、ごめんよ。だって随分細かく覚えているんだなぁと思ったものだからさ」

「だって私にとってとても大切な日ですもの、忘れるはずがないわ」

クーは素都久と初めて会った瞬間のこと、分け合って食べたパンの味、散り始めた桜の花びらが素都久とクーの髪に舞い降りたこと等を次々と話していく。彼は母親の生活の一部を初めて知り楽しくなってくる。

「あんなに居心地のいい家がありながら、素都さんがなぜあの公園に出かけていたのかを阿喜良さんは考えないのですか？」

突然クーに質問を振られて彼がブレーキを踏みそうになったのは、彼はただ単にクーと母親が出会った時のことを興味津々で聞いているだけだったからだ。

「いや、花見頃だしおふくろはたまたま公園に入った、それではいけないの？」

目的の本屋に着き彼は車を止めたが、二人とも車から降りようとはしない。

「桜がきれいでその日たまたまその公園に素都さんが入ったのだとしたら、私たちはその後二度と会ってはいないわ」

「そうか」

「素都さんはたまたまではなくて度々あの公園に行っていたのです」

「ん、度々ね。確かにそういうことになるよな」

「素都さんはね、七年前のあの日からとても辛い毎日を送っていたの。家で塞ぎ込んでいる阿喜良さんの姿を見ては心ここにあらずの様子に辛くなりその度にあの公園に行っていたんですって」

彼は、母親がすっかり立ち直って自分の生活を取り戻しいろいろな所に出掛けていたものとばかり思っていたのでクーの話は意外だった。

「隣の山越さんが冬の坂道をカーディガン一枚で下っていく素都さんに異変を感じて助けたという話もしたでしょ。淋しくてどうしようもなかった素都さんの毎日を阿喜良さんはどうして気が付いてあげられなかったのですか」

彼は言葉もなく下を向くより仕方がなかったが、母親の通夜の時も何だか良く分からないままこの小娘に叱られたなと思い返している。

「分かった、分かったよ。いまさら遅いと言われても仕方ないけれど、僕だってあれからずっと後悔しているんだよ」

彼の予期せぬ落胆ぶりに思わずクーはフォローする。

「ごめんなさい。ちょっと言い過ぎました。よその家庭のことなのにお節介ですよね」

情けない顔になった二人は目を合わすと少し笑った。

「さっ、ここが本屋だよ。教育が行き届いているこの県は、県の肝いりで至るところに本屋を作り県民に勉学を推奨しているんだよ。だからこんな小さな町にもこんな大きな本屋が建っているという訳なんだ」

彼はクーの叱責からやっと逃れられたせいかいつもの饒舌に戻っている。本屋の駐車場に車を入れ歩き出したが彼も久しぶりに人のために何かをすることの喜びに心が弾んでいる。

阿喜良とクーにとって初めての外食でありまた二人でする初めての食事でもあった。クーはテーブルに阿喜良と向かい合って座っても逃げ出したいと思う気持ちは全く起こらず彼女は自分でもそれが信じられず不思議な気がしている。

「何でも好きなものを頼んでいいんだよ」

阿喜良の優しい声が広げたメニュー越しに聞こえる。彼女の今までの記憶にこういう家族的な場面はほとんどないが唯一その数少ない記憶のひとつが石坂安治、登志江夫妻と彼らの孫の恵子と信二の五人で外食をした時だ。あの時は安治の真似をして《もり》が食べたいと言ったクーに安治が子供は遠慮するものではないと叱責をしたのだが、あの安治の厳しいけど包み込むような目を懐かしく思い出したクーは泣くまいとして強く唇を噛んだ。

「いいですか？　たった一回だったけれど私にも忘れられない外食の思い出があるんです。私、その時食べた物をもう一度食べたい」

「あゝ、いいよ。何でも好きなものを頼んで」

この子にとって忘れられない料理とは、都会のホテルででも食べたフルコースの一品なのだろうか。だが彼女の言うその料理とやらがはたしてこんな大衆食堂にあるだろうか。

「オムライスとフルーツパフェをお願いします」

拍子抜けした彼は思わずクーの顔を見るが彼女の口元には柔らかな笑みが浮かんでいる。珍しくもないそんなものがこの子にとって唯一の忘れられない外食？　その格別な食事をした時この子はいったい幾つだったのだろう、彼女はその時まだ自分の身にその後に次々と起こる過酷な時間を想像すらしていなかったのだろうと思うと彼の胸は痛くなってくる。

「クーちゃんは何が好きだか分からなかったから、こんな雑多なメニューの店に入ってしまったけれど却って良かった」

「私も良かったです」

クーは素直に頭を下げる。

助手席のクーの膝の上には小学校四年から六年までの算数の教科書の他に中学校の一年から三年の数学の教科書そして高校生用の国語と社会の教科書も載っている。教科書は後部座席に置けば良いものを、彼女は敢えてその重みを楽しむよう膝の上に載せ愛撫している。

「クーちゃんの本当の名前は幸代と言うんだよねえ」

面と向かった時より横に座った状態のほうが本音を言いやすいだろうと運転席の阿喜良は前を向いたままクーに訊いてみる。しかし教科書を撫でているだけで彼女は黙ったままだ。

「自分を無いものとして空虚の空からクーにしたそうだけど、おじさんはできればクーちゃんではなくサッちゃんと本当の名前で呼びたいんだよね」

「…」

「だって空虚のクーなんて何だか淋し過ぎるじゃないか。幸代という名前がどうしても嫌だというなら、少なくともクーではない他の名前を考えたらどうかな」

彼は安代からクーが自分をクーというようになった経緯を聞いた時、なんて悲しいことを言うのだろうと顔も知らない彼女の親に憎しみさえ覚えた。

「もう少し待って。そのうちに何とか結論をつけるつもりではいるんです」

絞り出すように答えたクーの声は悲しげだ。

「分かった。そうだね、そのこともこれからゆっくり考えようね」

彼の声も暗くて重い。

次の日から朝の一時間と夕食が終わってからの二時間をクーに勉強を教えるために彼は使うことにした。そして彼は勉強を教える条件として今後は朝と夜の食事は原則として一緒にすることを約束させた。

二日後、安代は阿喜良がクーとの約束をはたして守っているかを確かめるためにやってきたが、キッチンのテーブルで教科書を広げている二人を見て驚きの声を上げた。

「すごーい、本当にやっている！」

彼は少し照れた顔をして声のほうに首を向ける。クーは慌てて立ち上がると安代の傍に駆け寄り弾んだ声を出した。

「安さん、ずっと憧れていたことがこんなに早く実現するなんて思ってもいなかった。これから毎日、朝の一時間と夕食後の二時間を算数以外の教科も教えてくれるんですって」

声を詰まらせたクーは安代に深々と頭を下げた。

「良かったわね。これからのクーちゃんの人生をひとつひとつ積み上げていかなくてはね」

目をしばたたかせた安代の声もとぎれとぎれになっている。

「高等学校用の教科書もぱらぱらっと見たけれど、僕の頭さぁ、今でも結構いけているみたいだぜ。だから高校生程度までだったら上手く教えられると思うよ」

「良かった。卒業からかなり長い時間が経っているのでちょっと心配していたのだけれど、阿喜ちゃん、さすが！」

「でもさ、僕、なんだか調子が狂っちゃいそうだよ。小学校四年の算数を教えていたかと思ったら、一分後の学科は高校生用なんだもの」

彼の困惑した口ぶりに安代とクーが声を立てて笑う。

それから一か月後、またもやクーが阿喜良にお願いがあるのですと切り出したのは、定例の朝の勉強が終わった時だ。

「こんな初歩的な部分は飛ばしたいと言ってもだめだよ。物事には基礎というものがありそれをしっかり理解していないとゆくゆく苦労するのはクーちゃんなんだからね」

彼にも今教えている小学校六年生の算数はクーにとっては退屈でしかないだろうことは分かっていた。しかし彼はその退屈であろう過程をいい加減にするつもりはなかった。

「そうじゃないんです。基礎をみっちりしなくてはならないのは私も良く分かっています。今まで勉強をしたくても出来なかったことを考えると今は天国だわ」

一瞬ムッとした彼の表情がそれを聞き安心したように緩んだ。

「数か月後には、高等学校用の代数や幾何になるのをとても楽しみにしているの」

「クーちゃんはじきに現役で一流大学へ入れるくらいの学力は身に付けると思うよ」

「私、大学へも行ってみたい。検定試験を受けて大学へ行くという方法もあるらしいけど…でも無戸籍の私にはどうあがいてもそれは無理」

確かに彼女がこの先どのように学力をつけ能力を磨いたとしてもこのままだと彼女にはそれを生かす術はないだろう。

「だからといって勉強はやめないわ。でも私がどれほど能力をつけても、結局は母親みたいに男の人に媚びる生き方しか私も出来ないのではないかと思うと叫び出したくなる」

彼は彼女の口から家族の話を聞いたことはなかったのでいま彼女がポロッと漏らした母親

のことに少なからず驚いた。

「クーちゃんが無戸籍になったのは、お母さんが戸籍をいじれなかったからだよね」

彼は彼女の中のモヤモヤしているものを払拭してあげる手立てを考えてみる。

「いつも誰かに依存する母親のような生き方はしたくない！」

彼の問いには答えずに背筋を伸ばした彼女は毅然と言い放つ。

「学力なんかいくらつけても何の役にも立たない私のような人間は、学歴を必要としない自分が手にしたスキルだけで生きていくより仕方がないと思うんです」

「ん、分かるよ。けれどどうするつもり？」

彼はクーの何かを決意したような目を見つめる。

「阿喜良さん、お願いします。私に焼物を教えてください」

確かにこれから先彼女が一人で食べていくとしたら何らかの手立てを考えてあげなければならないだろうが、果たして焼物が彼女に向いているかは未知数だし彼女だったら他にいくらでも適職があるはずだと彼は思う。

「クーちゃん、一度家へ戻ってさ、お母さんと話し合ってみたらどうかな。そして結婚していた時のお母さんの戸籍を取り寄せてもらってそれを自治体に持ち込みそれ相応の対応をしてもらおうよ。クーちゃんがどうして無戸籍になったのか、今までの成り行きを説明してまず戸籍を回復するための働きかけをしたほうが良いと思うよ」

「生まれてから十六年も経っているのよ」

「クーちゃんみたいに戸籍を持たない人が日本には一万人以上いるそうだよ。よくある話ではないけれど決して珍しいことではないのだから出るところに出て話をしたほうが良いと思うよ。でもそれを起こすにはお母さんがどうしてクーちゃんの出生届を出さなかったのかを経過を追ってきちんと管轄の部署に説明しないといけないのだからとにかくまずお母さんに会おうよ。そしてお母さんに戸籍を回復したいので協力してくれと頼むんだ」

「あの人のせいでこんなことになっているのに頭を下げるのは私なの？」

　クーは納得がいかないというように口を尖らせる。

「自分の生死がかかっているんだよ、頭を下げるくらい何だ。しっかりしろよ」

　彼の勢いに押されてクーは何も言えずに頷いた。

　翌日、阿喜良はクーを車に乗せると彼女が住んでいたという隣町に出かけて行ったが戸沢家に彼女が居候をするようになって既に半年が経っている。彼女は戸沢家に住むようになってから自分がそれまでどれ程劣悪な環境にいたのかを再確認しない訳にはいかなかった。入れ代わり立ち代り知らない男と一緒に暮らさなければならない環境に年頃の娘を平然と置いておく無神経な母親とは、今後どのようなことがあっても一緒に暮らしてはならないと今更ながら思う。しかしもう二度とあの家には戻らないと決めてはいたものの、阿喜良の言うとおり戸籍を回復するためにはそんなことは言ってはいられない。

「あの建物の七階に住んでいるの」

クーが指差す先には閑静な住宅街にひときわ高い二十二階建ての建物が見える。建物は各階がジグザグになっている凝った作りの高級マンションのようで、四角いだけのいわゆる機能だけを重視した愛想のない建物ではない。彼はその建物を見ながら徐々に車の速度を落とすと建物のかなり手前で車を止めた。

「大丈夫だね、一人でもお母さんを説得できるよね。もし説得出来ないようならば僕が出ていくから下りてきて」

隣のクーを覗き込み彼がそう励ますと、口を真一文字に結んだ彼女はコクリと頷き車のドアを押す。シートを倒しボリュームを絞ったジャズを聞いていたらいつの間にか寝入ってしまった彼の耳に車のドアを遠慮がちに閉める音がした。

「アー、ごめん。ついうとうとしちゃった」

彼が慌てて起き上がると助手席のクーが目を赤くして真っ直ぐ前を見つめている。

「どうした？　だめだった？」

彼は車のドアを半開するとクーを促した。

「おいで、僕が話をつけるから」

いつまでこの子を苦しめれば済むんだ！　車外に出た彼の固く握った両手がクーの母親に対する怒りのために震えている。

「ダメなの。間に合わなかったの」

どのような場合にも取り乱すことのないクーが頑是ない子供のように身を震わせている。

「ダメだったの。引っ越したんだって」

「えっ？　お母さんが？」

クーは大きく頷くと一段と泣きじゃくる。

「部屋には知らない人が住んでいて、前に住んでいた人のことは知らないって言うの」

「管理室には行ったの？」

「うん、でも引っ越し先は聞いていないって」

「クーちゃんはお母さんが結婚していた当時の住所は全く分からないの？」

「あの人が昔どこに住んでいたかなんて興味ないし聞いたことなんか一度もない」

「クーちゃんが聞かなくてもお母さんから話すことはなかったの？　昔住んでいた所には土手があったとか広いイチョウ並木があったとか特徴のあるビルが建っていたとか、どんな些細なことでも良いから思い出してよ。何々市とか町とかなんでもいいからさ」

クーは暫く考えていたが首を横に振った。

「今まであの人と何かを話し合ったという記憶がないんです。戸沢家で暮らして半年だけど、それまでの十六年よりこの半年間の方が人との関係はずっと濃密だった。確かにあの人は水商売という仕事柄お金だけは十分過ぎるほど持っていました。だから私も好きなだけ本を買い、ブランドの洋服を買い贅沢はさせてもらった。でもこんなことを言うと甘いと笑われるかもしれないけれど貧しくてもいいからあの人に抱きしめて欲しかった」

「お母さんだって本当はクーちゃんともっともっと触れ合いたかったはずだよ」

確かにクーは母親を憎悪し決別するために家を出たはずだったのに、今母親の行方が分からなくなったことでその憎しみさえ相殺されるほどのショックを受けている。

「ちょっと待ってて」

車から降りた彼は急ぎ足でマンションに向かったが暫くして戻って来た彼は左右に首を振っている。

「引っ越しの荷物を運送屋に頼んだのだったらそこから手がかりが得られると思ったけれど、荷物は僅かで一緒にいた男の車で充分間に合うほどの量だったそうだ」

「そうなの、私たちはいつでも引っ越しが出来るように最小限度のものしか持っていなかったんです。ほんと私たちは遊牧民みたいだったわ」

クーは淋しそうにちょっと笑う。

「管理人にその男の車の車種とか色とかナンバーの一文字でも覚えていないかと食い下がったんだが、黒っぽい日産のバンと言われてもなあ」

シートベルトを締めた彼はいくらか落ち着きを取り戻した様子のクーの顔を覗く。

管理事務所では引っ越し先は聞いていないと言っていたが、もしかしたらその男が郵便局に転送届を出している可能性はある。元の住所に届いた郵便物を一定期間に限り新住所に届けてくれるという郵政局のサービスなのだが、その男がその届けを出していたのなら母親の引っ越し先の住所に辿り着けるかも知れない。

「それはないと思う。だってあの人に今まで郵便物が届いたのを見たことがないもの」

クーの言葉通り転送届は出ておらず、男がどこの誰なのかは全く不明のままだ。帰りの車の中で俯いて黙り込んだままのクーの落胆は、それはそのまま阿喜良のものだともいえる。

第六章　不安定な眠り

その日も蝉しぐれの中での算数の勉強が定刻通りに終わると阿喜良はいつも通り工房に入った。工房に一旦入ると彼は原則として夕方までは母屋には戻らないのだがその日珍しく彼が午後二時過ぎに母屋に戻ってきたのは、その日の朝おはぎを作ったのと言って叔母がお重に詰めたそれを持って来てくれたからだ。間食はしない習慣の彼は通常であればそのおはぎは夕食後に食べるのだが、今日は珍しくそれを食べるために母屋に戻ってきたのだと言う。

「菊練り(きくね)りが丁度終わったので、叔母さんのおはぎでも頂こうかなと思ってさ」

クーは安代とおやつにしようと思っていたところに彼がやってきたので慌てて彼の湯飲みを取りにキッチンに走って行く。おはぎを口に入れた三人は感嘆の声を同時に上げた。

「実は私ね、以前に素都さんの作ったおはぎも食べたことがあるの」

「えっ、姉さんの？　姉さんはいつ作ったの？」

クーの言葉に安代は素っ頓狂な声を上げ横に並んだ阿喜良を見返した。しかし当時も毎日上の空だった彼はおはぎも上の空で食べたのだろう、全く記憶がないというように首を振る。

「去年の八月十八日、素都さんと会うのはその日が三度目だった。その日初めてこの家に連れて来てもらったのだけれど、来る途中でその日が自分の誕生日だったことを思い出したんです。私、今まで誕生日なんか誰にも祝ってもらったことがなかったのだけど、十六回目の誕生日をなぜか素都さんにおめでとうって言ってもらいたくなったの」

「姉さん、喜んだでしょ！」

「自分のことのように喜んでくれたの。そして買い置きの小豆があるからこれからおはぎを作ってお祝いしましょうということになったの」

「そうだったの、姉さんらしい粋な計らいだわ」

「あの時のおはぎと今食べている安さんの作ったおはぎの味が全く同じなんだけど、これは素都さん、安さんの実家の味っていうことなんですか？」

「そう、面白いものね。代々のその家の味っていうのはいつの間にか体に染みついて引き継がれていくものなんでしょうね」

　素都久の作ったおはぎをクーが食べたと聞き安代は心底嬉しそうだ。

「いいな、私が作るお料理は無手勝流（むてかつりゅう）の自分だけの味で、引き継いできた家庭の味なんか何もないしそれに安さんのように仲の良い姉妹もいないわ」

「ねっ、クーちゃんのオリジナルな味はそのままにしておいて、これから私が私の実家の味を教えるわ。だからこれからはクーちゃんが私たち姉妹の実家の味を引き継いでくれる？」

安代の言葉にみるみる泣き顔になったクーが尋ねる。

「本当に？　素都さんと安さんが代々引き継いできた味を私が引き継げるの？」

戸沢家の一員として認められたような気がした彼女は嬉しさで感情が昂り思わず両手で顔を覆った。

それから小半時、おはぎを二つも食べお腹の膨らんだクーは自転車にまたがり灼熱の中を夕食の食材の買い出しに出かけたが、その顔は生き生きとして晴れやかだ。

「阿喜ちゃん、何か話があるのでしょ？」

門を開ける軋みがかすかに聞こえ、クーが走り去る音がすると安代が彼に問いかけた。

「相変わらず鋭いね」

「だって仕事の途中で工房を出てくることなんか滅多にないし、間食もしない阿喜ちゃんがおはぎを食べようなんて言うから何かあると思うのは当たり前でしょう」

「確かに、そうだ」

そうは言ってみたものの彼は先ほどまで一刻も早く話そうと思っていたそのことを、今はなぜか躊躇している。彼女もそんな彼を敢えて追い立てたりはしない。

叔母さん、どうだろうか。クーちゃんを僕の養女にするのはと彼は生い茂る庭の木に目をやったまま独り言のように呟いた。

「養女？　養女って言ったってクーちゃんにはそもそも戸籍がないんだから養女になんか出来る訳ないわ」

「ん、クーちゃんのお母さんが引っ越してしまっていたという話はこのあいだしたよね？　あのあと僕も何とかしてクーちゃんの戸籍を回復する方法はないかと考えてさ、危うく僕は犯罪に手を染めようとまでしたんだよ」

「犯罪？」

「叔母さんは《背乗り》って知っている？」

「背乗り？　なに？　それ」

彼が何を言い出すのか理解できずに彼女は首を傾げる。

「日本国籍を持っていない人が、日本国籍を持ちたいと思ったらどうすると思う？」

「日本人と結婚すると日本国籍を取れるんじゃないのかしら」

「でも日本国籍を取りたい人が、現在持っている自分の国の戸籍もそのままにしてなおかつ日本国籍も取りたい時はどうすると思う？」

「戸籍を乗っ取っちゃうっていうこと？」

「ん、それ、乗っ取っちゃうんだ」

安代は阿喜良が回りくどいことをいう意味が徐々に分かってきた。

「もしかしたら阿喜ちゃん、あんたはまだ抹消していない明日実ちゃんの戸籍をクーちゃんに上げようなんて考えている?」

「いや、考えたこともあったという言い方が正しいよ」

二人はじっと見つめ合ったままお互いの心を読み取ろうとしていたが沈黙を破ったのは安代の方だった。

「そう、良かった。考えたこともあったと過去形になったということは他に良い方法が見つかったということなのよね」

「ちょっと悪ふざけが過ぎちゃったけれどごめん。でも僕はそんなことまで考えたんだ」

「ホントよ、全く驚くじゃないのよ」

「僕が犯罪者になるのはいいけれど、クーちゃんまでが犯罪者になるのはまずいものな」

二人は黙り込んだ。

「実はさ、昨日市役所へ行って来たんだ」

「市役所?」

「ん、無戸籍問題は既に社会問題にもなっていることなので、役所に行けば何らかのアドバイスをしてくれるに違いないと思ったんだよ。」

「そうよね、私が新聞で日本には一万何千人の無戸籍の子どもがいるという記事を読んだのはもう三、四年前のことですもの。国だって何らかの対策は立てているはずよね」

「そうなんだ。窓口の人は親切にいろいろ教えてくれて、法務局に行けばもっと詳しく教えてもらえると言っていたが、僕は家に戻ってからネットでいろいろ検索してみたんだ」

彼は紙袋の中から書類を取り出すと恭しくそれを叔母の前に広げる。

「これは市役所で貰った法務省民事局が出している《無戸籍の方の戸籍を作るための手引書》で、こっちの印字したものは僕がネットの法務省のページで見つけた記事なんだけれど驚くことが書いてあるからまずこれから読んでみて」

「阿喜ちゃん、こんな素晴らしいものを持っていながら私をからかったりして」

「落胆、失望から歓喜、希望！　この落差で叔母さんの喜びはひとしおだと思うけどな」

「全く、もう…。そう、これこれ、これよ！」

安代の目が今は歓喜のために何度も瞬きを繰り返している。

「叔母さん、このページのここの部分を見て」

彼は付箋の貼ってあるページを広げると赤い蛍光ペンが引かれた項を指さす。そこには無戸籍の人が戸籍を作るに際して、無戸籍になった理由を承知している母親が死亡または所在不明の場合の手続きの方法が記載されている。

母親が死亡した場合……調停を経ずに検察官を被告として親子関係存在確認の訴えを提訴することが出来る。（家事事件手続法二百五十七条二項ただし書。人事訴訟法十二条三項）

母親が所在不明の場合…調停を経ずに親子関係存在確認の訴えを提起した上で公示送達の方法によって訴状を送達することが出来る。（家事事件手続法二百五十七条二項ただし書。民事訴訟法百十条）

いずれの場合も、家庭裁判所は母親が出頭しないまま審理を行い判決することが出来ます。

安代はそのページを何度も読み返しそして阿喜良を見つめる。

「ようするにクーちゃんのようにお母さんの行方が分からない場合でも、戸籍を回復するための審理は行われるし判決も出るってことだわよね」

「そう、結論を言えばクーちゃんは自分の戸籍が持てるということなんだよ」

安代は昂ってきた感情を押さえているのかしきりに目をしばたたかせたが次の瞬間その目を阿喜良に移すと不審そうに首を傾げた。

「でも阿喜ちゃん、こんなビッグニュースを何でさっきクーちゃんに言わなかったの？」

「実はクーちゃんに話をする前に、僕に対して叔母さんが誤解を持つようなことがあったらそれを取り除かなければならないと思ったからなんだ」

「誤解？」

「ん、僕が今までいろいろ理由をつけて明日実の死亡届を出さなかったのは、明日実はどこかに必ず生きていると思いたかったからなんだが、しかし実際には震災の一年目で僕は既に明日実の死は受け入れていたんだ」

「…」

「実は昨年の暮れに届けを出すつもりにしていたんだがおふくろがあんなことになってしまい気が付いたらクーちゃんがここに住むようになって毎日がバタバタ慌ただしく過ぎて結局明日実の籍は未だにそのままになっているんだ」

「だめよ、きちんと弔ってあげましょうよ」

「ん、勿論そうするつもりではいるけれど…」

彼は何か言い淀んでいる。

「さっき僕は冗談めかしてクーちゃんを養女にすると言ったでしょ？　実はあれは冗談ではなくて僕は真剣にクーちゃんを養女にすることを考えているんだ」

「クーちゃんには戸籍が出来るのだから正規の手続きで養女に出来るんじゃないの」

「それはそうなんだけれど…。明日実の死亡届を出した寂しさを、僕がクーちゃんを養女にすることで埋め合わせようとしているときっと叔母さんは思うだろうなと」

「私にそう思われることが心配だったの？」

「だって叔母さんは明日実のことを実の孫以上に可愛がってくれていたから、僕の気持ちがクーちゃんに向いてしまって明日実を蔑ろにしていると思うのではないかと」

「何を言っているのよ。明日実ちゃんに対する阿喜ちゃんの思いがどのようなものか私だって痛いほど分かっているわ。それにクーちゃんが戸籍を取得したからといって、後は勝手にしなさいとこの家から放り出すことなんかできる訳ないじゃないの。そんなことをしたらクーちゃんは今まで以上に淋しい思いをするだけなのよ」

「じゃあ、クーちゃんを養女にすることを叔母さんは賛成してくれるんだね」

「勿論よ。なんなら私の家の養女にしてもいいのよ。でもあの子は阿喜ちゃんの養女になった方が良いと思うわ。なぜなら阿喜ちゃんの戸籍謄本には亡くなっているとはいえ明日実ちゃんと和人くんが記載されているからクーちゃんは憧れの三人姉妹弟(きょうだい)になれるもの」

「そうか、三人姉妹弟か…」

「確か年齢は明日実ちゃんのほうがクーちゃんより一つ上になるのかしら？　明日実ちゃんの一つ下の妹にクーちゃんがなりその三つ下の弟が和人くんという訳ね」

安代の口元には青春真っただ中の三人を想像してか慈愛の笑みが浮かんでいる。

「ね、たぶん姉さんの頭の中では明日実ちゃんと同じようにクーちゃんも可愛い孫になっていたのかも知れないわね」

「実は去年の十月頃、明日実が書いたという作文をおふくろから見せられてさ。何故おふくろがそれを保管していたのかは良く分からなかったのだが、僕はそれを読んだ時それまで煮え切らなかった自身の気持ちをやっと吹っ切ることが出来たんだ」

「作文？」

「ん、十歳の時明日実は腎臓の移植手術をしたでしょ？　それから半年くらいが経った国語の時間にその手術のことを書いたもので、《将来の夢》という題の作文なんだ」

彼はそう言いながら安代の前に大学ノートにはさんだ三枚の黄ばんだ原稿用紙を広げた。

将来の夢　　戸沢明日実
私は小さい頃から病気ばかりしていていつも親に心配をかけていました。手術も二回していますが二回目の手術をした時のことが今でも忘れられません。
私は生まれた時から腎臓に欠陥がありました。腎臓移植という最終的な方法でしか助かる道はないという話になったのは小学校四年生の時でした。でも私は移植というのは誰かの腎臓を貰うということだからそれは誰かの死を待つことだと思いました。私はお父さんに自分が生きるために誰かの死を待つのは絶対いやだと言いました。

その時私のおばあちゃんは泣いている私に一緒にお庭の草取りをしましょうと言いました。一緒に草を取りながらおばあちゃんは私にこう言いました。

「明日実ちゃん、命というのは神様からお預かりしているものだと考えてみたらどうかしら。明日実ちゃんは誰かから腎臓を頂けるかも知れないし頂けないかもしれない。そして明日実ちゃんも誰かに体の一部かあるいは丸ごと提供する時が来るかもしれない。でもね、その時は神様からお預かりしている命をもう少し長く預かることになった、もしくはお返しすることになったと思えばいいのではないかとおばあちゃんは思っているの。だから明日実ちゃんも誰かの死を待っているなんて考えないで、もう少し長く神様から預かることになった命を大切にしようと思った方がいいのではないかしらね。でも亡くなったその人にも人生があったことを忘れてはダメ。それから後はその人の人生も一緒に生きなくてはいけないわ」

一緒に草取りをしながらしてくれたおばあちゃんの話がなかったら私は手術をしていなかったと思います。

手術から何日かして私はあるニュースに驚きました。それは小学校六年生の男の子の心臓、肝臓、肺、腎臓、膵臓、小腸、眼球という臓器を全部摘出してそれを十人の子どもに移植したという記事でした。その男の子が交通事故で死んだのは私が手術をしたのと同じ日でした。

私はおばあちゃんにこの男の子の命が私の中にも入ったんだねと言いました。そしてその男の子は将来科学者になりたいと言っていたらしいので私はおばあちゃんに「私はこの子の夢を引き継ぐね」と言いました。するとおばあちゃんは「明日実ちゃんが科学者になるのを見届けるためにおばあちゃんも長生きしなくてはね」と言いました。

私はそんなおばあちゃんが大好きです。

「姉さんらしいわね」

天井を仰いだ安代は大きく鼻をすすりあげた。

「僕は今までは明日実が可哀想とばかり思っていたけれど、それをおふくろから見せられて考えを改めようと思った。明日実の生涯は十年という短い年月だったけど、あんなに楽しかった時間を親子という縁(えにし)の糸で結ばれ一緒に過ごさせてもらって幸せだったと考え、死亡届を出すことを決意したんだ」

「明日実ちゃんはまだ小学生だったのに何だか達観したような所があるのね」

「そうなんだよね。僕はこの作文を見て明日実の人生は悪いものではなかったと思い死亡届を出す決心をしたのだが、しかしおふくろはこの作文から全く違ったことを考えたらしい」

「姉さんは何て考えたの？」

彼は黄ばんだ原稿用紙が挟まれていた大学ノートを叔母に渡しながら複雑な表情をした。

「去年の夏におふくろは本棚からこの明日実の作文を見つけ、その時からこの大学ノートに満代に宛てて思いつくままをつれづれに書いているんだ。それを読むとそれこそ僕がさっき言ったところの背乗り(はいの)をおふくろもまた考えていたようなんだ」

「姉さんも？　罪を犯してまでクーちゃんのことを？」

「明日実の作文を読んであの子の人生は決して悪いものではなかったと気が付いた僕はとにかく年内中に死亡届を出そうと決めそのことをおふくろに言ったんだ。それまでおふくろは僕がめそめそしているのは明日実の死をいつまでも受け入れないからだと言っていたから、僕が決心したことをおふくろも喜ぶだろうと思ったのだがそうではなかった。僕がそれを言ってからおふくろはやれ頭が痛い、お腹が痛い、心臓がおかしいなどと言っては僕に病院の送り迎えをさせるようになったんだよ。また一方では明日実の死亡届けを出すのは急がなくてもいいんじゃないのなんて言い始めてさ。僕はこのノートを見て亡くなる三か月前からの矛盾だらけのおふくろの行動が初めて腑に落ちたんだ」

クーに思いを残したまま旅立ったであろう母親を哀れに思ったのか彼は寂し気に笑った。

素都久のノート

満代さん

あなたたち四人が突然逝ってしまったあの日から私は二階の自分の部屋に行くことはめっきり少なくなりました。いえ、そうではないわね。部屋には行ってもあなたが《あの場所はお母さんの大切な聖域》といつも私を揶揄(からか)っていた、壁に嵌(は)め込んだあの本棚には近寄らなかったというのが正直なところでしょう。お掃除をするために私の部屋に入ってもあなたが決して手を触れようとはしなかった一角、そう、私のお気に入りの蔵書の詰まった天井まであるあの本棚、その前にきょう私は久しぶりに立ちました。

あの震災の後、私は本を読む習慣もすっかり無くし満代さんの言うところの聖域からは遠ざかり、二階に上がったとしてもその場所は敢えて見ないようにしていたのです。

きょう私が何年かぶりでその場所に立ったのは、今年の春に知り合ったある少女と関係があるのです。赤沢クーと名乗るその少女から昨日私は彼女が無戸籍であるということを聞かされたためだったのです。無戸籍…それはその少女が日本国民ではないどころか彼女自身のその存在すらない、いわゆる彼女は透明人間にも等しいということなのです。

話を聞いたその夜、眠りについたものの私は浅い眠りのまま起き出し身の置き所のない不安定な心持の中に漂っていました。そしてその時なぜか突如としてあなたが言うところの魑魅(ちみ)魍魎(もうりょう)の世界にいる寺山修司の歌が読みたくなったのです。それまでも荒ぶる心を鎮(しず)めるために折に触れ何十回となく読んだ彼の歌が闇の中で次々と思い出されました。

　そら豆の殻一せいに鳴る夕べ母につながるわれのソネット
　息あらく夜明けの日記つづりたり地平をいつか略奪せんと
　かくれんぼの鬼とかれざるまま老いて誰をさがしにくる村祭

　昨日私はその少女の生きてきたそれまでの過酷な十六年間の話を聞いてから、なぜか訳もなく三十年も前に亡くなった自分の母親が無性に恋しくなっていたのです。

　あれ以来二階に上がっても決して見ようともしなかった本棚に私は真っ直ぐ向かうと迷うことなく彼の本だけを集めた棚に向き合いました。私の目の高さの棚の一列は彼の歌集や句集それに戯曲集や対談集などを集めてあり私はそこから迷うことなく「寺山修二全歌集」という厚さ三センチ程の歌集を取り出しました。その時その歌集と隣り合った本との間に挟まれていた色褪せた紙が床に滑り落ちたのです。

　満代さん、あなたも覚えているでしょ?　色あせた紙、それは原稿用紙三枚に明日実ちゃんが書いた作文で、私があなたから記念にもらったものでした。その「将来の夢」と題した作文がどのような経緯（いきさつ）で私の聖域に収まったのかを私は明確に思い出しました。

　明日実ちゃんが四年生の国語の時間に書いたそれは、半年前に腎臓の移植手術をした時のことを書いた素晴らしい作文でしたよね。あの日学校に呼び出されていたあなたは帰って来るなり興奮した様子で二階にいる私のところにやって来ましたね。そして先生から返却されたその作文を私の目の前につきだすと「お母さん、読んでください」と涙声で言うと荒い息のまま私がそれを読み終わるのを待っていました。私が目を上げるのと同時にあなたの目から大粒の涙がこぼれ落ちたのを私は今でもはっきり覚えています。

先生はとてもいい文章だと思うけれど小学生にしたらあまりにも重い内容だったので点数が付けられないと言うんです。だから明日実は同じ題名で書き直しをさせられたらしいんですが、重い課題ならなおさら発表させて皆に考える時間を作ったらいいと思うのですが、お母さんはどう思いますか？　とあなたは無念そうに唇をキリキリと噛み締めていましたよね。確かにそうだと私も思いましたが、でも学校というところは極力問題を起こさないことを旨としている集団でもあるのでそれも致し方ないことだとも私は思いました。

でも私はあなたに明日実ちゃんがこんなに立派に成長したことがとても誇らしく嬉しいと言いましたよね。そしてその時記念にその作文を私は貰ったのですが、私はそれを私の宝物として本箱の寺山修司コーナーに収蔵したのでした。

だけど問題のその作文のことをあなたは阿喜良に言える雰囲気ではありませんでした。丁度あの時期、阿喜良は何年間も挑戦し続けていた焼物のコンクールで最高賞を受賞して、突如持ち上がった個展や諸々のことで忙殺されて家のことには全く目が向いていない状態だったからです。そして何も言わないままあの不幸な出来事が起こってしまったのです。

満代さん

あなたたち四人がいなくなってから阿喜良の気持ちは一日たりとも晴れることはありませんでした。私は毎日そんな阿喜良を見ているのが辛くて、そんな気分を紛らわすために皆で良く行ったあのドングリ公園に度々出掛けていきました。漕ぐたびにキィーキィーと悲し気な音をたてるあの錆びたブランコや朽ちたベンチもつい最近すっかり修理され、休日などには家族連れも良く見掛けるようになりました。

今年の桜の季節、その日もその公園に出掛けた私はそこで不思議な少女と出会ったのです。今までその公園で見かけたことがなかったその少女がその公園にやって来たのはたぶんその日が初めてに違いありません。あの事故に遭っていなかったら明日実ちゃんもたぶんその少女と同じくらいの年齢になっているのだろうとふと思ってしまいました。

幼気(いたいけ)な子どものようでもありましたたかな大人のようでもある雰囲気のその少女は私には何やら曰(いわ)くあり気に思えました。初めて会ったその日、私たちはお互いの名前を教えあったのですが、赤沢クーと名乗るその少女は「私は戸沢素都久というのよ」と自己紹介をした私に「いいなあ、素都ちゃんはちゃんと名前があるから堂々と自分の名前を名乗れるんだ」

と羨ましそうに呟いたのですが、それはその少女の名乗った名前が偽名だということになるのは間違いありません。
その少女クーちゃんと知り合って暫くすると、その子も明日実ちゃんと同じように本がとても好きだということが言葉の端々から分かってきました。クーちゃんはまだ幼いという年齢なのに私の思っていることをきちんと受け止めてくれおかしなことですが私はなんだか母親に抱き留められている気持ちになっていました。何回目かにクーちゃんと会った時、私はあなたたちと暮らした我が家をクーちゃんに見て欲しいと思ったのですが、それは何故なのでしょう。もしかしたら私は既にクーちゃんを家族の一人として受け入れ始めていたのかも知れません。

満代さん
先日本棚から明日実ちゃんの作文を見つけてからの私の頭の中は尋常ではなくなっています。何故ならあるとんでもない考えがあの日以降私の頭の中を支配しているからです。
クーちゃんが初めて我が家にやって来た八月十八日のその日は偶然にもクーちゃんの十六回目のお誕生日だったのですが、その時あの子が無戸籍だということを初めて聞かされて私はすっかり気が動転してしまいました。その日は眠れないまま朝を迎え、寺山修司の歌に導かれ明日実ちゃんの作文を見つけた訳なのですが、あれから毎日明日実ちゃんのあの作文を取り出しては何度も読み返しているうちに、私の不穏な考えはどんどん増幅しているのです。
　明日実ちゃんは確かに死にたくはなかったでしょう。でも今回の事故以外の不慮の出来事に遭遇し突然死ぬことになったとしてもやはり明日実ちゃんは淡々と神からお預かりしていた命をお返しするのが自分の運命だと受け入れ決して抗ったりはしなかったはずです。それらは我々が決めることではなく、すべては神様がお決めになることなのだと。
満代さんはどう思いますか？

満代さん
今では週に一回は丘の上のこの家にクーちゃんはやって来るようになりました。桜の花の下で初めて会った七か月前と比べるとクーちゃんは随分と明るくなりましたが、だからといってあの子の悩みが解決したわけではないのです。無戸籍のクーちゃんを何とかしてあげたいという私の思いは日増しに強くなり苦しいばかりです。無戸籍の子を救う手立ては民主国家と言われているこの日本の国には何もないのでしょうか。

満代さん

まだ抹消されていない明日実ちゃんの戸籍をクーちゃんに貸してあげてと言ったらあなたはきっと怒りますよね。

満代さん
もうじき十二月になります。きょう明日実ちゃんの書いた作文を阿喜良にやっと見せました。不慮の出来事で命を絶たれても淡々と神からお預かりしていた命をお返しするのが自分の運命だと受け入れる心根の明日実ちゃんは、まだ抹消されていない自分の戸籍をクーちゃんの為に使うこともきっと納得してくれるはずよと言って私は阿喜良を説得する心算(つもり)でいました。でも阿喜良はその作文の存在を初めて知り驚いた様子をしていましたが、それを読み終わると私の考えていたこととは全く違うことを言ったのです。
母さん、僕は明日実の死をとっくに受け入れていたんだよ。でも籍をそのままにしていると明日実がまだ生きているような気がしていて…。でもこの作文を読んで今まで煮え切らなかった僕の気持ちはやっと前向きになれたよ、そう言ったのです。
私の目論見は見事に外れてしまいました。まだ消されていない明日実ちゃんの戸籍と戸籍をもっていないクーちゃんとを結び付けた三か月前、なるべく早くクーちゃんと阿喜良を会わせなければと私は考えました。阿喜良がクーちゃんと会って親しくなってクーちゃんの家庭の事情や無戸籍のことを知ったとしたら、心優しい阿喜良も私と同じ考えにきっとなってくれるに違いないと確信していたからです。でもあの子はいつも忙しく工房に籠り切りだし、私にしたって幼いクーちゃんをつるべ落としの秋の暗い夜道を帰すわけにはいかないので、三時過ぎには帰すようにしていたのです。二人を合わせる機会を作れないまま今日になってしまい、阿喜良だって一度も会っていない人間の無戸籍の話を聞いたって興味もないことでしょうし、私にしてもそれを説得できるはずはありません。

目論見の外れた私が何も言えずにいるとあの子はこう断言したのです。母さん、来月になったら仕事も一段落するので届けを出しに行くよ。今年中には必ず済ますつもりだから母さんも安心してねと。

満代さん

今日私は阿喜良に連れられて大学病院へ腸の検査をしに行って来ました。十二月に入って阿喜良がいつ区役所行くと言い出すのか私は毎日気掛かりでしたが、昨日の夜「明日は区役所に行って来る」とあの子は突然言い出したのです。

それで私は今朝、急遽腹痛を装って阿喜良に病院に連れて行ってもらったのです。一通りの検査をしたのだけれどどこも悪くないということで午後には帰ってきました。

何とかきょうは阿喜良が役所に行くのを阻止できました。

満代さん
きょうの朝食の時、私は何気なく阿喜良に言ってみました。明日実ちゃんの届けはもう暫くこのままにしておかない？　私もこのままの方がいつも明日実ちゃんは傍にいてくれるような気がするのよねと。でも阿喜良は母さん何言っているんだよ。早く届けを出せと言っていたのは母さんの方じゃないか。いったいどうしたんだよとあの子は笑い飛ばすだけでした。明日は心臓が痛いからと言ってまた病院に連れて行って貰う心算にしていますが、満代さん、こんなことがいつまでも続けられるわけはないですよね。

満代さん
腹痛から始まって心臓、頭痛、腰痛、不眠症と私の病院巡りは続いています。今朝、この頃母さん急にいろいろなところがおかしくなっていったいどうしてしまったんだろうと、阿喜良が不安そうな声を出しました。私の病院巡りが続いているせいで阿喜良の頭からはここのところは明日実ちゃんの件は忘れられているようです。

満代さん

今、夜中の三時ですが今また明日実ちゃんの作文を読み返しています。この頃は時間があるとなぜかいつもこれを手に取ってしまうのです。

満代さん、明日もう一度明日実ちゃんの届けは来年でもいいんじゃないのと阿喜良に言ってみる心算(つもり)です。そして早急に阿喜良とクーちゃんを合わせようと思います。

《素都久のノート》はそこで終わっていた。

「姉さんたら…クーちゃんのことを本当に何とかしてあげたいと思っていたのね」

安代は溢れ出た涙を中指で払った。

「去年の暮れに僕が今年中に明日実の死亡届を出すつもりだと言った時のおふくろの悲しそうな顔は忘れられない。僕がもっと早く明日実の死を受け入れそして死亡届を出していたのならおふくろもクーちゃんのことでこんなに悩むことはなかっただろうにな」

「七年前の大震災で何人もの親しい人の死を見てきたし、故郷を失ってしまった人たちの苦しみを見てきた姉さんは被災者と同じようにもがき苦しんだと思う。実際何度も自殺を図るほどに追い詰められた姉さんがクーちゃんの行き詰った状況を知った時、この子を何とかしてあげたいと思ったとしてもそれは当然の流れかも知れないわね」

「たぶんおふくろはクーちゃんに世の中に通用する名前を、それがたとえ他人の名前だとしてもそして犯罪に手を染めることだと分かっていても、戸籍謄本に記載された明日実の名前を獲得させたかったんじゃないのかな」

安代はすすり上げながら頷いた。

「これでクーちゃんの問題は何とかなるのは分かったから一安心だわ。でも私のもうひとつの気掛かりは、阿喜ちゃん、あなたのことよ。私ね、阿喜ちゃんももうそろそろ再婚を考えた方がいいのではないかと思っているのよ。満代さんだってきっとそう思っているはずよ」

「ん、僕もそれは思っている」

「ほら、阿喜ちゃんの作品が好きだって関東から一団が来ているじゃない。あの中にいた確か鎌倉から来たと言っていた可愛い人がいたけれど、あの人この頃はここに一人で来るようになっているでしょう」

「何だかここの環境がえらく気に入っているみたいで、来週にもまた来るって言っていた」

「そうなの？　年は幾つ？」

「確か三十七とか言っていたかな」

阿喜良の柔らかい口ぶりに彼の恋の始まりを安代は感じていた。

その時、表の木戸を開ける音がしてクーが帰ってきた気配がした。

「阿喜ちゃん、分かったわ。親戚や近所へのクーちゃんのお披露目はもうちょっと先にして、明日は我々三人だけでささやかなパーティーをしてクーちゃんを驚かせましょうよ」

安代はそう言いながら阿喜良から渡された《素都久のノート》をバックにしまった。

「これ、もう一度ゆっくり読みたいから借りていくわね」

そう言うと彼女は汚れた食器をキッチンに運び始めた。

「安さんも阿喜良さんもどうしたんですか？　今日は何だかゆっくりですね」

汗を拭きながら部屋に入って来たクーはまだ椅子に座っている阿喜良に笑いかけた。

「なんかさ、叔母さんと昔話になっちゃってさ。さあ、もうひと仕事してくるかな。叔母さん今日は楽しかった、そして美味しいおはぎをご馳走様でした」

彼が立ち上がると安代も帰り支度を始める。

「クーちゃん、明日は三人でささやかなパーティーをするからね」

「えーっ、パーティー？　誰かのお誕生日ですか？」

そうね、確かにお誕生日と言っても良いかも知れない！　そう呟いた安代は目が合った阿喜良に頷いて見せる。

「クーちゃん、明日はわざわざ買い物に行かないで冷蔵庫と冷凍庫にあるものだけでお料理を作るからね。素都さんと安さんの家庭の味は安いものやあり合わせのものでそれなりに立派なお料理に仕上げるのも見どころなのよ。たっぷり伝授して上げるわね」

「はい、よろしくお願いします」

クーは飛び切りの笑顔で頭を下げた。


区役所の書類発行窓口の前に並べられた椅子には順番を待つ十人ほどの人たちが座っている。娘と再会するような彼の気持ちの昂りは区役所についた今も続いている。書類申請用紙の戸籍謄本と住民票の項目に丸印をつけた彼は窓口の横に据え付けられた整理券を取ると空いた椅子に腰を下ろしたもののどうにも居心地が悪い。彼がしようとしていることをここにいる誰かが見抜いているのではないか、彼の胸は悪事をする中学生のような高鳴りを見せる。

――きちんと正規な手続きを経て晴れて赤沢幸代の戸籍を取得したクーを、これまた正規な手続きで僕が養女とするだけのことで何の問題があるものか――

娘を亡くした空虚感の代替えとして養女を迎える卑劣さを周りの人に指摘されたかのように彼は身を固くする。しかし彼の心配は当然のことに杞憂に終わり、職員は笑顔と共に彼の前に二枚の用紙を差し出した。七年前まで住民票に記載されていた六人の名前のうち今は彼と明日実の二人の名前を残すだけで、後の四人は大きなバツ印で抹消されている。消されてしまった名前を彼が指先で愛撫していると堪えていた感情が一気に噴き出した。長い間そのままにしておいてごめんなと明日実の名前を撫でながら彼は呟く。そして明日実と和人の後ろに書き込まれた《幸代》という名前を彼は想像してみる。

「戸沢幸代か…」

文字通り《幸代》という名前の通り幸せな人生がやっとクーに始まると思うと、それをあれだけ願っていた母親に見せることが出来なかった無念の思いが突き上げてくる。

バラの花束とバースデーケーキを抱えた阿喜良が市役所から戻るとキッチンでは安代とクーが楽し気にパーティーの料理を作っている。キッチンに顔を出した彼は二人に声を掛けると手に抱えた花束とケーキの箱をクーに渡した。

「ワー、豪華なバラ、それとバースデーケーキですか？」

「ン、きょうのパーティーには何が何でも艶(あで)やかなバラとケーキは不可欠だもの」

「満代さんも明日実ちゃんもそして姉さんもバラの花が大好きだったものね」

安代が阿喜良にVサインを送るとクーは抱えたケーキの箱をテーブルに置いた。

「じゃあ、クーちゃん、水切りの仕方を教えるわ」

安代はクーを洗面所に連れて行くと洗面器に水を張り、包みを解いたバラをそこに放つと引き出しから取り出した花鋏(はなばさみ)をクーに持たせる。

「水の中で一回か二回茎を切ると花の持ちが良くなるのよ。ほら、このバラちょっと元気がなくなっているでしょ。でも茎を切るとすぐに首を上げるわよ。さっ、やってみて」

彼女はいずれこの家の子どもになるクーのつかの間の母親代わりとして少しでも役に立ちたいと必死になっている。

「僕はパーティーの前にやらなければならないことがあるんだけれどいいかな？」

「クーちゃんがいてくれるから大丈夫よ」

「叔母さんの伝授する味には何だかややこしいのも入っているからクーちゃん驚かないでよ」

「そのややこしいのを習うのが楽しみなんです」

真剣な面持ちでバラの茎を切っているクーは下を向いたまま唇だけ動かした。

「阿喜ちゃん、二時過ぎに始めようと思っているからその心算でいてね」

安代の弾んだ声を背中で聞きながら彼は廊下を隔てた離れに向かうと開け放たれていた部屋の襖をすべて閉め切り扇風機をつけた。そして明かりを点けた彼は押し入れから漆加工をした二つの小さな柳行李を取り出した。その行李は縦が三十センチ横が四十センチ高さが三十センチほどのもので、普通の柳行李と比べると小型で可愛らしい。それは阿喜良と満代が結婚一年目に関西に旅行した時、満代が一目で気に入り使い道も考えずに買い求めたもので、旅行から戻ると彼女は仙台にある有名な漆工芸店に頼んでひとつは朱をそしてもう一つには黒の漆加工を施してもらった。当時は漆業界でも商品開発が盛んに行われ、金属やガラスそして陶器などにも盛んに漆が使われたりしたものだが、その当時カフェでコーヒーを頼むと民芸調のコーヒーカップに漆塗りのスプーンというのを売りにしている店もあり、それを見た満代も漆塗りのものに漠然とした憧れを持ったのかもしれない。

明日実が生まれた時、彼女はしまわれたままになっていたその柳行李の最良の使い道を思いついた。いつかこの子がこの家を出て独り立ちをする時、成長の記録を沢山詰めたその朱塗りの行李を餞(はなむけ)として渡すのも悪いことではないだろうと無心に眠る娘を見ながら彼女は考える。その日以降、彼女は日々の生活の中で印象に残ったこまごまとしたものをその柳行李に詰めそしてそれから四年後に生まれた和人に対しても明日実と同じように数々の品を黒塗りの行李に詰めるのに余念がなかった。そしてあの震災が起こりその翌年彼は妻の部屋の押し入れからその二つの行李を見つけたのだ。

朱と黒の行李を座卓の上に並べると彼はその前に胡坐をかいた。A4の白紙の用紙を前にした彼はまず赤の行李を開けたものの鉛筆を持った手が止まっている。考えが纏(まと)まらないまま《戸沢明日実の十年間》とどうにか書くと彼はひとつ大きく息をついた。

赤い漆のその行李の中には明日実が生まれた時のへその緒から始まって初めて食事をさせた時の銀のスプーン、彼女がやみくもに描き散らかした絵やお気に入りだった童話や幼稚園の制服そして全国の作文コンクールで金賞を取った時の賞状や大量の写真それにＤＶＤ等々が入っている。彼は《戸沢明日実の十年間》と書いた紙を暫く睨んでいたが、鉛筆を持ちなおすと明日実が生まれてから震災に遭うまでの主だった出来事を時系列に書いていった。それは彼が娘の短かった歴史を胸に刻み付けるための作業でもあったがそれはまたクーが明日実の過去の出来事をいくらかでも知って戸沢家の娘になるためそして明日実の妹になるための虎の巻でもあった。

「県の合唱コンクールで優勝したのはいつだったかな？」

彼は独り言を呟きながら彼女のアルバムを傍に置くと娘のその時々の笑顔、泣き顔のひとつひとつをなぞるように辿っていき、書いた行を何度も消しては忘れていた項目をそこに書き加えていった。長い時間をかけてそれが済むと次は《戸沢和人の六年間》の番だ。

「和人が星博士だったこともクーちゃんに教えなくてはいけないな」

姉の明日実と弟の和人の四歳という年齢の差は二人の生きた時間の重さの差でもあり、それは二つの柳行李に入っている品物の多少にも如実に表れている。

「可哀想に…六歳で人生を断ち切られてしまった和人の生きた証は、小さいこの行李にたったこれっぽっちなのか」

彼はそれがまるで息子でもあるかのように柳行李を抱きしめると嗚咽を漏らした。

震災があった翌年妻の部屋でその二つの行李を見つけた時も、丸一日かけて中身のひとつひとつをなぞるように見たはずだったが、今またあの時のように見直さざるにはいられない。

「阿喜良さん、安さんがそろそろテーブルの用意をお願いしますって」

襖の向こうでクーの遠慮がちな声がする。

「ん、分かった。すぐ行くから」

彼はクーの足音が遠ざかるまで息を凝らしていたが、足音が聞こえなくなると大きく鼻をすすりあげた。そして流れ落ちる汗と涙をシャツの袖でひと撫ですると二つの柳行李を両腕に抱え扇風機のスイッチを切った。

キッチンのテーブルには十種類以上の彩り豊かな料理が並べられ良い香りを放っている。

「ワオー、凄いじゃないか。豪勢なパーティーになるな」

彼は一番手前の皿から椎茸の煮物をつまむと口に放り込んだ。

「旨い！」

「同じ材料を使っても私が作った物とはこんなにも味が変わるんですよね」

ほんの数時間で安代の実家の味をいくつか伝授されたクーは感慨深げに呟く。

「クーちゃんが作ったものはクーちゃんのオリジナルな味だけど、そのうち叔母さんの実家の味と融合してより高度な味になっていくかもしれないな」

「それにしても買い物もしないで、家にあるものだけでこれだけのいろいろなお料理が出来るなんて凄いですね」

「魚にしても野菜にしても頭から尻尾まですべて捨てずに使い切るというのも私たち姉妹の実家の技のひとつではあるわね」

「本当にいろいろ勉強になりました」

「これからゆっくり時間をかけて素都さんと安さんの味を引き継いで欲しいわ」

二人の会話を聞きながら彼はもう一つゴボウをつまむとパーティーの支度をするため隣の部屋に向かった。普段はしまってある来客用の長方形のテーブルを納戸から出した彼はそれを丁寧に拭き清めそこに薄いグリーンのテーブルクロスを敷く。そしてテーブルから少し離して椅子をセットするとその上に震災の前年の夏に和歌山に旅行した時の家族写真を載せた。生物学者であり民俗学者でもある南方熊楠（みなかたくまぐす）の記念館が旅行の目的の一つだったのだが、そこで三時間近くを過ごした六人は満足感と同時に少し疲れた顔をしている。

「クーちゃん、さっき生けてくれたバラを隣の部屋に持って行ってくれるか？」

キッチンに戻った阿喜良はクーにそう声を掛けると冷蔵庫を開けてビールやジュースを取り出したりグラスや小皿を手際良くお盆の上に載せたりしている。

バラをテーブルの上に置いたクーは見るともなく椅子の上の六人が写った家族写真に目をやった。写真の中央では長い髪の少女が淡いブルー地にピンクの水玉のワンピースを着て屈託なく笑い、その横では短髪で丸顔の男の子が右手を高々と掲げVサインをしている。

「この子たちが素都さんから聞いていた明日実ちゃんと和人くん？」

写真が撮られた時期は真夏なのだろうか、その可愛らしい少女は眩しそうにちょっと目を細めているが背景の建物の影が短いのは日がまだ十分に高いことを示している。

彼女がキッチンに戻ると安代と話していた阿喜良が彼女に声をかける。

「クーちゃん、このお料理も全部隣へ運んでね」

クーはお料理が盛られた大皿を両手で持ったがその格好のまま疑問をぶつけてみた。

「椅子の上に置いてある写真のあの女の子と男の子は誰？」

「ああ、あれは七年前に震災で亡くなった僕の娘と息子だ」

「明日実ちゃんと和人くん？」

「えっ？　なぜ明日実と和人の名前を知っているの？」

驚いた彼と安代は同時に声を出した。

「素都さんから聞いているわ。七年前の震災で家族六人のうち四人が亡くなったって。おじいさんとお母さんと和人君はみつかったけれど、明日実ちゃんだけが未だに見つかっていないんだって聞いたわ」

「そうだったな。おふくろは殻に閉じこもってしまった僕がいかにおふくろを蔑ろにしていたのかも全部クーちゃんに話していたんだったな」

「違うわ。蔑ろにされたのを恨んで素都さんは話したのではなく、素都さんは阿喜良さんの体のことが本当に心配だったんです」

クーは声を荒らげると持っていた大皿をテーブルに置いた。

「あ、、分かっているよ。おふくろはいつも自分のことよりまず他人のことなんだから」

確かに他人のことばかりをいつも考えていた母を彼は思い出す。

「で、クーちゃんは姉さんから明日実ちゃんのことをどこまで聞いているの？」

安代が傍から黙っていられないとばかりに口を挟む。

「震災があったのは明日実ちゃんが小学校の五年生の時だと聞いています。課外授業で海岸近くまで行って地震に遭い、近くの高い建物に避難したのだけれどクラスの全員が助からなかったって。明日実ちゃんが生まれた時、素都さんはそれまで男の子ばかりだった孫に初めて明日実ちゃんという女の子が生まれてどんなにか嬉しかったかと言っていました。女の子だのに算数や理科が好きで将来科学者になるって言っていたのよと明日実ちゃんの話をする時の素都さんは本当に嬉しそうでした」

阿喜良と安代は涙目で頷き合った。

「そうなんだ、おふくろはいつも明日実、明日実だったものな」

「私、素都さんに言ったことがあるんですよ。亡くなったけれど未だに素都さんにこんなに愛されて明日実ちゃんは幸せねって。そしたら素都さんちょっと怖い顔になって、何を言っているの、私はあの子と同じくらいクーちゃんも愛しているわって抱きしめてくれたの」

「ホントよ、姉さんはクーちゃんのことが大好きだったのよ」

「そしてね、その時素都さんはこうも言ったの。クーちゃんのことは私が守ってあげるって。でもあれほど約束したのに死んじゃったら守ってくれることなんか出来ないじゃないのよ！」

話しているうちに感情が自制できなくなったクーは子供のように手放しで泣き出した。

「クーちゃん、いいか？　ちゃんと聞いてくれよ」

クーの嗚咽が徐々に収まるのを待って阿喜良は静かに口を開く。

「あの震災から七年の歳月が経ったというのにおふくろも僕も何事にも前向きに行動できないでいたんだ。でもおふくろは去年の春クーちゃんに出会ってから生きる目的を見つけたんだよ。その目的とは自分の手で何とかしてクーちゃんを幸せにしよう、いや幸せにしなければいけないという使命感をおふくろは持ったんだよ」

「私を？」

「そう、おふくろはクーちゃんのことをずっと守りたいと思っていたが叶わなかった。だから急死してしまったことを一番無念に思っているのは他でもない死んだおふくろだと思うよ」

クーはまた新たに溢れ出てきた涙を流れるままにして何度も頷く。

「それにさ、そういう気持ちになっているのはおふくろだけではないよ。今では僕だって安さんだっておふくろと同じようにクーちゃんを守らなければという気持ちでいるんだよ」

すすり上げていたクーは彼の話に頷いている安代に近づくとその頭を安代の肩に預ける。

「さっ、クーちゃん。お料理を隣の部屋に運んでくれないとパーティーが始められないわ」

安代はそう言いながらクーの背中を優しく叩いた。

この家に住むようになってからクーは毎朝の仏壇の掃除そしてお水とお花の取り換えを欠かしたことがない。彼女は仏壇に対しての知識は何もなかったのだが、戸沢家に出入りするうちに素都久から亡くなった人を敬うことを教えられた。仏壇には数人の位牌があったがクーには素都久と素都久の夫と満代と和人の四人以外は良く分からない。しかし折に触れ素都久から聞かされていた震災で亡くなった四人の名前と顔が椅子の上の写真で初めて一致した。

パーティーの席が整えられ、写真と一緒にテーブルを囲んだところで阿喜良が口を開いた。

「さて、きょうは亡くなった五人も交えてこれからささやかなパーティーをしたいと思います。この暑い中に急遽こんなに素晴らしいお料理を作って頂き叔母さんにもクーちゃんにも心から感謝致します。本当にありがとう」

「きょうのパーティーは誕生祝いみたいなものだって昨日安さんが言っていたけれど、亡くなった人の中の誰のお誕生日なのですか？」

椅子に載った写真とケーキを交互に見ながら誰の誕生日なのだろうと彼女は首を捻る。

さあ、誰のお誕生日かしらねと安代は含み笑いをしながら阿喜良の顔をちらっと見る。

「それはちょっと横に置いといて、こんなに美味しそうな料理を前にしているのだからまず乾杯をして料理を頂こうよ。話をするのはそれからだ」

彼は安代の呟きに恍けながらそれぞれのグラスにビールやジュースを注いでいくが、どのように抑えても彼の気持ちは浮き立ってくる。

「乾杯！」

彼は安代とビールのグラスを合わせながら笑顔で頷き合った。それから暫くの間昼食を食べていなかった三人は料理を楽しむことに専念していたが、頃合いと見た阿喜良は三つのグラスに飲み物を継ぎ足した。そして自分のグラスを手に取った彼はそれを目の高さに掲げクーに視線を当てながら乾杯の仕草をする。

「お誕生日、おめでとう」

クーは突然の阿喜良の言葉に戸惑った様子を見せる。

「違うわ、私の誕生日は今日じゃないわ」

やはり私の誕生日なんか誰も覚えていてはくれないんだと失望を顕わにしたクーは眉を顰

めると向かいの安代に目をやった

「クーちゃんの本当のお誕生日が八月十八日なのは阿喜ちゃんも分かっているわよ」

クーは笑いを含んだ目の安代から視線を外すとそれを阿喜良に戻す。

「実はね、クーちゃん。これは法務省が発行している書類なんだけど…ちょっとクーちゃんには難しいところもあるかもしれないけれど目を通してみてくれる？」

彼は昨日叔母に見せたのと同じものをクーに渡し付箋を貼ってあるページを開いた。クーは彼に言われるまま蛍光ペンで囲まれた部分を何度も読んでいたがやがて顔を上げた。

「何だか難しいことが書いてあるけれど、これは無戸籍の人の母親が死亡したり行方不明で居場所が分からなくても裁判をして戸籍を回復出来るっていうこと？」

「そう、そういうことなんだよ」

彼女は突然の話に混乱しながらもそれを正確に受け止めようと身を震わせている。

「でも…でも無戸籍でいた期間が私みたいにこんなに長い場合でも大丈夫なの？」

「無戸籍ということが問題なのだから年月の長短は関係ないはずだよ」

クーは現実を受け止められないままそれを確認するためもう一度書類に目を落とし読み始めたものの、溢れ出た涙が幾筋も紙の上を滑り落ちる。

「安さん！」

書類を胸に抱えたまま立ち上がったクーは向かいに座る安代に全身を投げ出した。

「そういう訳でさ、きょうはクーちゃんの戸籍が回復出来る、言ってみれば記念すべき第二の誕生日の前祝ってことなんだよ」

安代の膝を抱きかかえたまま涙目のクーは彼を見上げる。

「日本人で戸籍のない人に新規に戸籍記載されるようにすることを就籍と言うのだそうだが、実際のところ親が行方不明や死亡している無戸籍者の場合は戸籍を回復するためにはまず《日本人であること》を証明する資料を提出しなければいけないんだそうだ。しかし親が行方不明の無戸籍の人間に、言ってみれば当然学校にも行っていないいつも世間から隠れたような生活をずっと続けてきた人間にそんな証明など出来ないのは分かっているじゃないか。全く役所というところは何をふざけたことを言っているのかと思うよね。父親も母親も分からない子たちは《日本人であることの証明》も《日本人ではないことの証明》もどちらも出来ないということなんだよ。だからクーちゃんの場合も裁判は長引くことを覚悟しておいた方が良いかもしれない。なぜならそれは日本語を完璧にマスターした外国の人が日本の国籍を取得したいと言っているようなものだからさ。この女の子は日本人のような顔をしているし日本語も話すから日本人らしいけど、だからといって今のこの日本ではそういう女の子にハイ戸籍を取得させますという訳にはいかないんだ。だからとにかくまずクーちゃんが日本人であることの証明をする方法を考える必要があるんだよ」

安代は自分の膝に体を預けているクーの長い髪を撫でていたが何かを思いついた。

「そうだわ、クーちゃん。クーちゃんは小学校に上がる時期に会津から新潟に越したのよね。それまでは近所の石坂さんというご夫婦にいろいろなことを教えてもらったと言っていたわよね。ご主人には勉強の大切さを、そして奥さんには勉強の他にしつけ、例えば言葉遣いやお裁縫やそしてお料理も。クーちゃんがいろいろなお料理を作れるのもその時にそこの奥さんに教えてもらったって言っていたでしょ？」

「そうか、それならその人に会ってクーちゃんが中国や韓国の人間でなく紛れもなく日本人だという証明をしてもらおうよ。そのご夫婦がクーちゃんたちを日本人の親子ですと証明してくれさえすればそれが《日本人であることの証明》になるのではないだろうか」

安代の口から石坂夫婦の話が出たことでクーの心は突如混乱状態に陥っている。

「安さん、私、石坂のおじちゃんとおばちゃんに会いたい！　会いたいよぉ」

絞り出すように呻いたクーは安代の膝に突っ伏すと声を殺して泣き始めた。

「そうよね、クーちゃんがこんなに立派に育ったのもそのご夫妻があったればこそで、クーちゃんという人間形成に関わってくれたその恩人に会いたいのは当然だわよね」

安代の膝の上でクーの艶やかな黒髪が何度も大きく波打っている。

「よし、分かった。クーちゃん、出来るだけ早いところその石坂ご夫妻に会いに行こう」

阿喜良の毅然とした声に、安代は膝に突っ伏したままのクーの耳元に囁く。

「クーちゃん、聞いた？　阿喜ちゃんが出来るだけ早く石坂夫婦に会いに行こうって」

満面の笑顔を見せるつもりだったクーの顔は泣き笑いの惨憺たるものになっている。

「クーちゃん、じゃあ席に戻って。写真の皆にも参加してもらってもう一度乾杯だ」

テーブルの上にはまだかなりの料理が残っているが興奮状態にあるのか誰も箸を伸ばさない。だがいつの間にかビールをお酒に変えた阿喜良だけは手酌で冷酒を楽しんでいる。

「日本人であることの証明が出来たとしてもそんなに上手い具合に事は運ばないだろう。しかし時間は掛かっても戸籍は必ず取得できるからね。だけど裁判が長引いた時のことを視野に入れてとりあえずはクーちゃんの健康保険証を発行してもらうことから始めようよ」

「健康保険証？」

それが何なのか理解できないクーは彼を見つめる。

「クーちゃんは、病気になっても今まで病院には行ったことがないんじゃないのかな？」

クーは七歳の時ドアノブに額を強打し、意識をなくしたまま朝帰りの母親によって病院に担ぎ込まれたことがあったが、あの時以来かなりの不調を感じても病院には行っていない。

「人間は生きていればいつ何が起こるか分からないし、病気になった時のためにまずは健康保険証を手に入れなければね。それに保険証は身分証明書の代わりにもなるからとにかく早急に作っておこう。聞くところによると無戸籍の人にも住民票は発行されるそうだから、僕のここの住所で住民票を取得すればそれで身分が証明され健康保険証は発行されるよ」

「これからは怪我をしても頭が痛くなっても、家でじっと我慢をしていなくてもいいのね」

「クーちゃんが病気や怪我をするのは嫌だけどさ、これからはそのようなことが起こった時にはすぐ病院に行っていいんだよ」

クーは込み上げてくる感情をどう表せば良いか分からずただ体を固くして震えている。

「クーちゃん、そんなに緊張しないで。きょうは驚くことばかり言われて疲れたわね」

「だって私、きょうのパーティーがこういうことだとは想像もしていなかったもの」

しかし彼はなおクーを驚かすことに容赦なかった。

「クーちゃん、健康保険証のあとには順番として戸籍が取得できることになるのだが、ちょっと早いけれど取れた後のこと想像してみようか」

住民票が取得出来て健康保険証も発行してもらえる…クーは喜びのあまり今はそれ以上のことは何も考えられない状態だ。

「クーちゃんが晴れて《赤沢幸代》となった時、もうクーちゃんはこれまでのように逃げ回る必要はなくなる訳で、他人様に迷惑をかけなければ何をしても自由なんだよ。だからこの家を出てどこでも好きな土地に引っ越して新しい生活を始めてもいいんだからね」

彼が遠回しにここから出ていけと言っていると誤解したクーは怯えた目で安代を見つめる。

「もしかして戸籍が取れた時、私はここを出ていかなければいけないということ？」

「そうじゃないの、反対よ。阿喜ちゃんはクーちゃんにずっとここにいてもらいたいのだけどそれが言えないでいるの」

怯えた目をしたままクーの視線は安代と阿喜良の間を行ったり来たりしている。

「私、ずっとこの家に居るもん。この家の子になるんだもん」

俯いた彼女は小声ではあったがきっぱり断言する。

「クーちゃん、この家の子になるということは明日実の妹にそして和人のお姉ちゃんになるということなんだよ」

阿喜良の声は震えている。

「私には名ばかりの母親は居たけれど、物心ついた時からずっと一人ぼっちだったから兄弟姉妹がいる人が羨ましくて仕方なかった。だから仲の良い素都さんと安さんが羨ましくて二人の若い時の話を聞くのが私は大好きだった。もし私がこの家の子になったら私はお姉ちゃんと弟のことを大声で皆に自慢できるんだわ」

クーの目からは先ほどまでの怯えたような光はすっかり消えている。

「実はね、クーちゃんがこの家の子になってくれればいいなと思いながら、二人がお料理を作っている間に僕はこんなものを書いてみたんだ」

　彼はそう言いながら脇に置いた袋から二枚の紙を取り出した。それは彼が先ほど書き上げた明日実と和人の短い一生を時系列に書いたものだ。

「これは明日実と和人の短かった生涯を僕が思い出す限り書いたものなんだが……まだまだ当然書き足りてはいないのは承知しているが、この二人と姉弟となってくれるクーちゃんに見て欲しいんだ。そしてこの戸籍謄本と住民票は現在のものだけど、近い将来ここにクーちゃんの名前も書き込まれることになるのだけどこれも一緒に渡しておくね」

　彼は今朝区役所で発行してもらった戸籍謄本と住民票そして明日実と和人の一生を書いた紙を広げるとクーの前に置いた。

「そのメモ書きの行間の分からない部分はこの柳行李に入っている明日実と和人のアルバムや日記や絵そしていたずら書きのようなメモが解決してくれるはずだ。赤の行李が明日実のもので黒が和人のものだ」

　彼はそう言いながら彼の脇に置いてあった二つの柳行李をクーのほうに移動させた。

「ゆっくりでいいんだからね。その紙に書いてある明日実と和人の生涯をクーちゃんの頭の片隅にでも記憶してやってくれないか」

彼の必死な思いが分かるからこそ黙ったまま彼を見つめていたクーは何度も大きく頷いた。

「おふくろはクーちゃんのことは私が守ってあげるって言ったんだよねえ。それどういう意味かクーちゃん分かる？」

ずっと感情が昂ったままのクーはちょっとの刺激にも泣き出しそうになっている。

「おふくろはね、クーちゃんがこの家の子になるのを望んでいたのだよ。そして幸せになって欲しいと思っていたのだよ。おふくろにとっては明日実もクーちゃんも甲乙つけがたい可愛い孫に違いなかったんだよ」

クーは分かっているというように大きく頷く。

「もしも…もしも私がこの家の子になったとしたら、素都さんは私の本当のおばあちゃんになるのよね。と言うことは阿喜良さんを私はお父さんと呼んでもいいってことよね？」

瞬きを繰り返す安代が阿喜良を見ると彼の端正なその顔が涙でくしゃくしゃに歪んでいる。

「ありがとう、クーちゃん」震える声で彼はやっとそれだけを言った。

「私は無戸籍にされたことで母親をずっと恨んでいたし父親のことなど考えたこともなかった。私はこの十六年間、同年齢の子たちがしているごく当たり前のこともさせてもらえず、人には言えない恥かしいことや辛い思いも沢山してきた。でも私が戸籍の届け出をされたごく普通の家庭に育った子どもだったらこうして戸沢家の人たちと出会うことは絶対なかったんだと思うの。こんなに優しい人たち出会えたのも悲しいことだけれど私が無戸籍の環境にいたからなのよね。それを思うと私はこの無戸籍の環境にいて良かったと思っている」

「クーちゃん、ありがとう。でもね、クーちゃんがそのように理由づけをしたい気持ちは良く分かるけれど、でも僕はやはりクーちゃんには今までの辛い苦労はして欲しくなかったしクーちゃんは最初から皆に祝福された環境で育って欲しかったよ」

「……」

「でもね、仮にクーちゃんがそういう恵まれた環境で育っていたとしても、僕たちは必ずどこかで出会っていたと思うよ」

声を詰まらせそう呟いた阿喜良は目頭を押さえながら慌てて立ち上がると縺（もつ）れた足で蝉しぐれの降る真夏の庭に降り立った。

第七章　涼雨

その日も朝から容赦なく日差しが照りつけている。だが樹齢何十年ともいわれる多くの木々に囲まれた戸沢家の屋敷は灼熱のそのような日でも通り抜ける風は肌に優しい。つい数日前までのあれほどけたたましかった蝉の声もすっかり静まり今はただ儚げなヒグラシの声だけが行く夏を惜しんでいる。

会津の石坂夫妻に会うためにその日の早朝阿喜良とクーは車に乗り込んだのだが、それはパーティーが終わって一週間後のことだ。

その日のために三日前、阿喜良はクーを連れて仙台駅前のデパートに出掛け彼女の為の買い物をした。それは十年振りに石坂夫妻に会うクーのハレの日に相応しい洋服を買い求めるためだったのだが、若い女の子の服のことなど皆目分からない彼は結局クーと販売員の意見に従いレモン色のジョーゼットのワンピースと淡いピンクのローヒールのサンダルを購入したという訳だ。

デパートに入っている専門店でそのゆるやかに揺れるレモン色のジョーゼットのワンピースを目にしたクーはひと目でそれが気に入ったのだが、彼女は彼に自分の気持ちを素直に言うことが出来ない。何故ならそれまでのクーにとって洋服の役割は自分の存在を無に近い状態にするものであって決して自分を際立たせるものではなかったからだ。彼女が唯一自己主張、それも消極的な自己主張をしたといえる服が素都久の通夜で着ていた真っ赤なワンピースと言って良いだろう。家を出ようと決意した時、見知らぬ東京に行くための戦闘服として赤い服を衝動的に選び、試着もしないまま買い求めてしまったもので彼女はあれ以来二度とあの服には腕を通していない。しかし今目の前で揺れているそのミディ丈のレモン色のワンピースに彼女の購買意欲が初めてかきたてられる。クーの視線が何度もそのワンピースに戻されるのに気づいた阿喜良がさり気なく彼女に声を掛けてみる。

「クーちゃん、あのレモン色のワンピース、クーちゃんに似合いそうだね」

試着室から出てきた彼女を見て店の人は満足そうに頷いていたが、何を思ったのかその人はクーの背後に回ると一つにまとめていたクーの髪をほどき肩にふわりと流した。

「ほら、こうしたらますます素敵になったわ」

彼女の言うように髪を下ろしたことでレモン色のジョーゼットのそのワンピースが色白のクーの美しさをより際立たせ眩しいほどだ。

その日の朝、レモン色のジョーゼットのワンピースを身に纏った彼女は新調の服を着たことと石坂夫婦に十年ぶりで会えることとが相俟(あいま)って一種の興奮状態にある。

「あの幼かったクーちゃんがあまりにも綺麗になってしまったので、石坂のご夫婦はクーちゃんとは分からないかも知れないね」

阿喜良はからかうようにクーに笑いかける。

「じゃあ、カーナビに入れるから会津の住所を言ってくれるかい?」

頷いたクーの胸元には石坂のおばちゃんから貰ったエメラルドの指輪のペンダントが光っている。彼女は両手でそれを包み込むと祈るように目を瞑りそのまま大きく息を吸い込むと一語一語をゆっくり唇に乗せていった。

「福島県…会津…若松市…七日町…」

阿喜良がカーナビに入力している気配を感じながら、クーの思いは会津のあの山、あの川、あの道を彷徨っている。

石坂夫妻が住んでいた古い大きな屋敷は会津若松から只見線に乗ってひとつ目の七日町駅(なぬかまち)で降りそこから歩いて六、七分の距離にある。七日町駅の前には七日町通りという長い通りがあるのだが、藩政時代にそれは日光、越後、米沢街道の主要道路が通っていたところで城下の西の玄関口として問屋や旅籠そして料理屋等が軒を連ねていたという。明治以降になってもその通りは重要な通りとして繁栄を極め昭和三十年以降は観光客に人気の通りとなってそれは現在も続いている。

阿喜良の隣に座るクーは明らかに不安定な様相を見せて、車中では初めて石坂夫妻に会った時から始まって石坂夫妻やその孫たちと歩いた七日町通りや良く行った図書館のこと等をとめどもなく話していたかと思うと急に黙り込んだりする。

「あと三キロくらいだけどどこかお店に入って少し涼んでいこうか」

彼はクーの昂った気持ちを落ち着かせるために目的地の少し手前で小休止した方が良いだろうと判断し提案をする。鉢植えの花に囲まれた可愛いティーショップを見つけた彼は、クーの気持ちを静めるには最適な店だと確信し上の空の彼女に構うことなくその店の横にある駐車場に車を入れた。ウィークデーの十時過ぎは店が一番空いている時間なのか、店内の奥には女性客が一人いるだけだ。

「僕はコーヒーだけどクーちゃんはアイスクリームかな？」

彼の思惑通り、可愛らしいティーショップに入ったことで気持ちが少し落ち着いてきたのか彼女は徐々に本来の彼女に戻ってきている。

「うん、アイスクリームにする」

十六歳の少女に戻った彼女は屈託ない笑顔を見せる。

「あっ、雨！」

駐車場に車を入れたのと同時に翳り出していた空が突然真っ暗になったかと思うと叩きつ

けるようなにわか雨が飾り窓を激しく打ち始めた。

「夏も終わりだね。さて、夏が終わるといよいよクーちゃんの秋が始まるよ」

「私の秋？」

「そうだよ、秋になると新しくクーちゃんは生まれ変わるんだよ」

運ばれてきたアイスクリームをするりと口に運びながら頷くクーのその口元には穏やかな微笑が浮かび、それを見た彼はもう大丈夫だと安堵する。

「じゃあ、トイレを済ませてそろそろ行こうか」

二人が店を出ると涼雨の後の柔らかな薄日が優しく辺りを差している。

「懐かしい、この道！」

ティーショップを出てからも彼女の上ずった声がずっと続いていたが、やがてカーナビからは《間もなく目的地です》という女性の声が流れてきた。それと同時に徐々にスピードを落とした車は、彼女にとっては泣き出したくなるほどの懐かしい古びた石造りの門の前にゆっくりと停車した。その門を暫く凝視していたクーはその目を横に座る阿喜良に向けると少し強張(こわば)った笑顔を見せ何か言おうと唇をわずかに開いたが言葉が出てこない。

「大丈夫か？」

唇を噛んだ彼女は肩までの艶やかな髪をするりとひと撫でするると大きく頷く。そしてドアを押して車から降りた彼女は運転席から菓子折りを手に出てきた阿喜良にワンピースの両裾を軽くつまむとこう尋ねた。

「お父さん、似合っている？」

「あ、、とても似合っているよ。ホント綺麗だ」

彼の声に励まされたクーは開け放たれている門にゆっくり近づきそこからそっと首を覗かせる。すると奥まった菜園でこちらに背を向けた石坂夫妻とおぼしき二人が、何やら話をしながら収穫したナスやトマトをかごに入れているのが見えた。彼女はそんな二人の様子を暫く観察していたが懐かしさのあまり胸が苦しくて痛いほどになっている。落ち着くようにと阿喜良が彼女の背中を軽く叩くと彼女は小さく頷きその場で深呼吸を二、三度繰り返してみせる。そして何とか落ち着いた彼女は次に思い切り息を吸い込んだと思ったらそれをそのまま声に変換させた。

「ただ今！」

突然の大声に石坂のおじちゃんとおばちゃんが同時に振り向いた。二人はあの時より少し痩せたようにも見えたが、十年前と変わらないその笑顔が一拍おいてみるみる崩れていった。そして軍手をはめた泥まみれのその両手を大きく広げた二人は同時に大声で叫んだ。

「おかえり、サッちゃん！」

著者プロフィール

西 炎子（にし えんこ）

兵庫県出身

画家

著書　『パッション（還る場所を探して）』 2008年刊行

『戯・白い灯小町』 2011年刊行

『懸ける女』 2013年刊行

『失われた白い夏』 2016年刊行

日映りの時

二〇一九年六月二十日　初版第一刷発行

著　者　西炎子

装　画　西炎子

装　丁　ＥＮＫＯ企画

発行者　谷村勇輔

発行所　ブイツーソリューション

〒四六六・〇八四八

名古屋市昭和区長戸町四・四〇

電　話　〇五二・七九九・七三九一

ＦＡＸ　〇五二・七九九・七九八四

発売元　星雲社

〒一一二・〇〇〇五

東京都文京区水道一・三・三〇

電　話　〇三・三八六八・三二七五

ＦＡＸ　〇三・三八六八・六五八八

印刷所　モリモト印刷

ISBN978-4-434-25882-4